di Paola Zannoner

nella collezione Oscar
La linea del traguardo
Dance!

nella collezione Gaia
Tutto sta cambiando

nella collezione Junior Giallo
Assedio alla torre

nella collezione Junior Oro
Il vento di Santiago
Sopra l'acqua Sotto il cielo
Xché 6 qi

nella collezione Shout
L'invisibile linea d'argento

PAOLA ZANNONER, nata nel 1958, vive a Firenze nel centro storico della città, ed è esperta di narrativa e didattica. Scrittrice di grande successo, anche grazie all'immediatezza con cui rende l'ambientazione e all'intensità delle figure protagoniste, è una delle autrici italiane per ragazzi più apprezzate dalla critica.

PAOLA ZANNONER

DANCE!

OSCAR MONDADORI

Prima edizione Junior Bestsellers ottobre 2005
Prima edizione Junior Oro marzo 2009
Prima edizione Oscar bestsellers giugno 2010

ISBN 978-88-04-60177-7

Questo volume è stato stampato
presso Mondadori Printing S.p.A.
Stabilimento N.S.M. - Cles (TN)
Stampato in Italia. Printed in Italy

Ai miei genitori, così belli quando ballavano insieme

Ringraziamenti
Per la stesura di questo libro mi è stato molto utile visitare
la scuola Centro danza e movimento di Firenze della maestra Lilia
Bertelli, scomparsa recentemente. La ricordo per la grande gentilezza
e disponibilità, la passione per la danza e l'amore per 'insegnamento.
Ringrazio anche Valeria Nicoletto, per gli spunti interessanti
sulla danza hip-hop e sulle domeniche in discoteca.

www.librimondadori.it

Dance!

Come una bianca colomba spicca tra i corvi
in mezzo al branco,
tale tra le compagne questa giovinetta.
Finito questo ballo, guarderò dove si posa.

William Shakespeare,
Romeo e Giulietta

Al punto fermo del mondo che ruota.
Né corporeo né incorporeo;
né muove da né verso;
al punto fermo, là è la danza.

Thomas Stearns Eliot,
Burnt Norton

ATTITUDE

1

Allo scoccare dell'una, la prima ora del nuovo anno, Robin si ripromette un cambiamento radicale. Lo giura a se stessa: basta con questa vita inerte. E a sottolineare quella promessa formulata a fior di labbra, le caviglie iniziano a fremerle, come se fossero lì lì per spuntarle un paio d'ali simili a quelle di Mercurio.

In quella notte curiosamente tiepida, al buio della finestra spalancata sul nuovo anno appena iniziato, il primo pensiero di Robin è per la statuetta bronzea del dio con le ali ai piedi che ha visto qualche settimana prima al museo archeologico.

I suoi compagni già sciamavano avanti, dietro la guida, e lei era rimasta a contemplare quella figura di bronzo, tutta avvitata verso l'alto, pronta a schizzare via da un momento all'altro.

— Robin! — aveva latrato la professoressa dall'altra sala. — Che fai lì? Muoviti!

La professoressa aspettava, sulla soglia.

La custode aveva alzato la testa dalla rivista che stava

leggendo: solo allora si era resa conto che qualcuno era rimasto nella sala, a fissare una statuetta. La donna aveva sollevato di malavoglia la sua mole robusta e tozza dalla sedia, tenendo la rivista aperta in una mano e scrutando con astio quella ragazza dai pantaloni larghissimi e la giacca lunga. Un abbigliamento così poco femminile, tanto che sul momento aveva scambiato Robin per un ragazzo, un teppista per la precisione. Così aveva alzato la voce:
— Hai sentito la professoressa?

"Che brutta voce" aveva pensato Robin. "Per fortuna parla poco, tutta presa com'è a leggere i pettegolezzi. Che tristezza, per queste statue, starsene in compagnia di una brutta cornacchia! Senz'altro era meglio rimanere nell'oscurità delle tombe, sottoterra, protette da sguardi e fiatoni, facce tonte, voci raspanti." Più o meno era questo che si nascondeva dietro l'aria sorpresa e accigliata del suo viso, mentre la custode si avvicinava sempre più torva e con la ferma intenzione di allontanare quella specie di delinquente da strada.

Ma qualche attimo prima che la donna le fosse vicina, e mentre l'espressione tradiva una certa sorpresa nel vedere che il delinquente era di genere femminile, Robin aveva allungato una gamba all'indietro, spostando tutto il corpo lontano dalla teca come se avesse ricevuto una spinta, poi aveva voltato di mezzo giro i piedi e aveva eseguito una serie di passi come se stesse scivolando su un tapis roulant.

La donna si era bloccata sulle gambe corte e massicce, spalancando gli occhi per un attimo, ma riacquistando subito un'aria truce per sbraitare: — Che fai, ti metti a ballare? Guarda che è vietato! Ti faccio buttare fuori... — E intanto sventolava la rivista come uno sfollagente.

La professoressa si era avvicinata in fretta, allarmata:
— Scusi, signora, usciamo subito. — Aveva preso la sua allieva per un braccio, ma con dolcezza, mentre sbuffava:
— Su, Robin, sempre con queste scene!

Prima di andarsene, la ragazza aveva scoccato un ultimo sguardo a Mercurio e le era sembrato che qualcosa, dietro la teca, avesse brillato. Poteva essere un sorriso, o un lampo celeste.

Dunque è un nuovo anno, e le galassie hanno cominciato a emettere pulsar: Robin è convinta di sentire quell'armonia celeste simile alla musica che lei ascolta, la sua musica preferita così ritmata da permettere di ricamarvi sopra spirali di passi e leggeri saltelli.

Alla finestra, scruta il cielo che non è scuro come si aspetterebbe, ma ha un colore tenue, a Robin ricorda il riflesso trasparente che si vede sott'acqua guardando in alto: che buffo, siamo come pesci rossi, viviamo in una boccia di puro cristallo, ci crediamo tanto furbi e superiori a tutti, ma alla fine siamo confinati in questa palla azzurra che è il mondo. Se usciamo di qui, stramazziamo.

Ci vuole qualcosa che permetta a Robin di evitare un'altra fine dell'anno desolante come quella che ha appena trascorso. In un fulminante bilancio, la definisce senz'altro la peggiore di tutti i suoi dodici anni, e non la consola il pensiero che fino a oggi non si fosse accorta di quel clima soffocante.

Un tempo si dedicava ai petardi e ai fuochi d'artificio,

preparando con cura il suo arsenale di botti per giorni e giorni, prima di Capodanno. Poi, la sera fatidica, disponeva l'artiglieria su davanzali e balcone e, a mezzanotte in punto, iniziava l'accensione di fontane, razzi, piramidi, in successione rapida. Lo faceva con la sacralità di un rito, compresa nel suo ruolo di sacerdotessa della pirotecnia. Sparava in alto globi di luce gialla e rossa, mentre gli amici di suo padre, affacciati al balcone, applaudivano e urlavano. E quando tutto era finito, quando l'ultimo fuoco artificiale si era esaurito in una scia rossastra che pioveva a terra, Robin passava alla parte più scherzosa della serata, lanciando dalla finestra petardi che terrorizzavano i rari passanti. Allora gli amici di suo padre le davano man forte e si mettevano anche loro a buttare petardi tra i piedi della gente in strada, ridendo come pazzi.

Ma quest'anno l'atmosfera è cambiata. Robin non si è procurata i soliti razzi, si è detta che questa fase infantile della sua vita è definitivamente andata, sepolta, e pazienza per quei bambinoni degli amici di papà. Il gioco è bello finché dura poco, avrebbe voluto dir loro. Ma quella parte da vecchia rompiscatole non le si addice, lei preferisce farsi gli affari suoi. Non vale la pena spendere neanche un proverbio con gli amici di papà, adulti che invecchiano senza crescere. Sembra che stiano a ciondolare sperando che caschi loro sulla testa un evento mirabolante: un'eredità impensata, una top model, una vincita esorbitante al Lotto, la proprietà di una villa o di una fuoriserie. È buffo come delle persone civilizzate e anagraficamente mature si affidino al pensiero magico anziché a quello razionale. Possibile che lei, Robin, con le sue dodici primavere, abbia molto chiaro il concetto che bisogna darsi una mossa nella vita mentre papà, con i suoi quasi quaranta inverni sul groppone, stia ancora a elucubrare su concetti molto vaghi come la fortuna?

Se solo avesse potuto evitare quella compagnia di delusi e passare il Capodanno per le strade del centro, be', sarebbe stata tutta un'altra storia. Ma è ancora *piccola*, chissà quando si libererà di questa dimensione: con la crescita fisica o con l'età? Dovrà diventare tutta seni e sedere come certe sue compagne di classe, oppure dovrà comunque aspettare, e in tal caso fino a quando? La semplice idea di tutto questo tempo le fa salire l'ansia: altri anni, *anni!*, in casa con Massimo, suo padre, per quelle feste noiose, dove tutto è prevedibile, a partire dall'aria da cane bastonato di Massimo, che è solo come al solito. Lo ha mollato anche la sua ultima fidanzata e il motivo è come sempre misteriosissimo, ammesso che a Robin possa interessare la scomparsa di Betti o Isa o come si chiamava l'ultima ragazza. *Chiamale ragazze, avranno cent'anni!*

Così la serata è iniziata con la faccia lunga di Gianni insieme a quella pitturata della moglie, due che a malapena si parlano. Fabio è arrivato tutto improfumato, con una tizia dall'aria annoiata ancor prima che iniziasse la cena. Emanuele si è presentato solo, ma Robin non ricorda di averlo mai visto con qualcuna, anche se sta sempre a parlare di donne. Sergio invece era con una sua amica danese che chissà quali cose strabilianti pensava di fare in Italia per il Capodanno.

Alla fine, si è trattato di una cena strapiena di roba, dopodiché la serata si è trascinata lenta come un'agonia. A un certo punto Massimo ha messo su certi dischi di quand'era ragazzo e ha preso a ricordare qualcosa di quei tempi, insieme a Sergio e a Gianni. Doveva essere l'effetto di quella musica, che sembrava contenesse qualcosa che tutti e tre avevano perso.

— Non dovevamo sposarci — ha detto mestamente Gianni. — Dovevamo viaggiare, ricordi? Ce lo dicevamo, che non ci saremmo fatti fregare. E invece...

— Io non mi sono sposato — ha protestato Fabio.

— Neanch'io mi sono sposato — ha detto Massimo, con l'aria ancor più mesta di Gianni. — Ma cambia poco.

E a renderli così tristi e nostalgici era proprio la musica. Incredibile per Robin: a lei la musica dà energia e forza. Ma forse era quel tipo di sound, così melanconico, a provocare un senso di disfatta. Allora la ragazza danese ha preso l'iniziativa: si è alzata da tavola e ha afferrato Sergio per la mano.

— *Let's dance!* — gli ha detto. Si sono incollati guancia a guancia, ma nessun altro li ha imitati.

A questo punto Robin se n'è andata in camera sua. Ha acceso il computer, voleva leggere gli auguri e guardare quello che stava succedendo nel mondo in quell'ora del nuovo inizio, quando tutto ricomincia da capo. Alle sue spalle è piombato silenziosamente Emanuele, e l'ha fatta sobbalzare per la paura. No, non per la paura, per la mossa inaspettata che l'ha fatta irritare.

— Ehi, ti ho spaventato, eh?

— Che vuoi? — Robin lo ha guardato con malevolenza, ma l'uomo non si è lasciato intimorire dallo sguardo né da quella frase bellicosa. Anzi, ha tentato di rabbonirla usando un tono scherzoso: — Che fai? C'è qualcosa di interessante?

— In che senso?

— Via, non fare la suorina, con me. A quest'ora si naviga per un motivo solo.

— Cioè?

— Per vedere qualche bel fusto. — È scoppiato a ridere, ma a Robin non pareva affatto divertente.

— Fusto? — ha ripetuto, aggrottando la fronte. Ogni volta che gli amici di suo padre attaccano a parlare in modo che secondo loro è "da ragazzi", Robin non capisce.

— Ma sì, dai, qualche tipo… Chi va per la maggiore, adesso? Chi ti piace?

Robin è diventata subito evasiva, ha alzato le spalle. Sa che se anche nominasse qualche cantante o ballerino con Emanuele, lui non avrebbe la più pallida idea di chi si tratta. È una faccenda di mondi incomunicanti, per fortuna.

— Hai qualche consiglio? — ha ammiccato Robin, mettendo su un'espressione maliziosa.

— Di uomini non me ne intendo. — Emanuele è diventato di colpo serio. — E poi in effetti sei piuttosto giovane.

— Giovane? Per cosa?

Lui ha cambiato discorso: — Mandi gli auguri agli amici?

In quel momento sono entrati Fabio e la sua ragazza, che aveva un muso lungo fino ai piedi.

— Che fate, giochini? — ha detto Fabio. Milena si guardava intorno, come se fosse entrata in un museo. Robin si è allarmata per quell'invasione, anche perché Milena stava già gironzolando a toccare le sue cose.

Non fosse bastato, si è affacciato alla porta Gianni, probabilmente mezzo ubriaco perché aveva gli occhi lucidi e pareva accaldato. Robin si è alzata dalla sedia, preoccupata che Milena ficcasse il naso nei suoi scaffali, ed Emanuele ha preso il suo posto davanti al monitor, iniziando a digitare sulla tastiera e ridacchiando come un bambino pronto a fare qualche scherzo. I tre uomini si sono attaccati allo schermo e Robin, che nel frattempo si era seduta sul letto, ha capito che stavano guardando i soliti siti porno in cui i maschi si precipitano appena hanno un computer acceso e collegato.

— Siete rincretiniti? — La voce di Massimo ha fatto sobbalzare tutti. Robin, che stava girando tra le mani uno dei suoi pupazzi, si è fermata. Suo padre sembrava rassicurato nel vederla lì seduta, lontano dai pericoli tentacolari di internet.

È balzato verso il computer e lo ha spento con un gesto secco.

— Dio, potevi aspettare di farci uscire dal programma. Lo vuoi mandare in palla?

— Forza, fuori di qui.

I tre uomini si sono alzati di malavoglia, ridacchiando:
— Hai capito, che razza di censore? Da quando in qua sei così santerellino, tu?

Robin si è alzata in piedi, stringendo a sé il coniglio di peluche. D'un tratto Massimo l'ha vista piccolissima, come se avesse quattro anni, quella figlia che negli ultimi tempi è così cambiata, è diventata taciturna e strana, si veste come un sacco, ascolta una musica insopportabile ad altissimo volume. Ma adesso, in quella prima mezz'ora del nuovo anno, il tempo sembra balzato indietro e gli ha restituito la sua Robin innocente e tenera. Allora Massimo le ha chiesto con dolcezza, quasi commosso: — Sei stanca? Vuoi dormire?

Il tempo ha compiuto un fulmineo salto in avanti mentre Robin si stringeva nelle spalle, lanciando il peluche sul letto.

Massimo è battuto in ritirata, portandosi dietro i tre mezzo ubriachi. Robin ha fatto partire il lettore a basso volume: P. Diddy raccontava in fretta qualche storia lontana, e per lo più incomprensibile, ma quella voce le dava un gran senso di calma.

Milena era ancora nella stanza.

— Che roba è? — le ha chiesto.

Robin, senza rispondere, ha accennato un paio di passi e ha ruotato le spalle, poi si è lasciata andare al ritmo e ha iniziato a ballare.

Lo ammette con se stessa, mentre più tardi respira l'aria notturna alla finestra: ha voluto fare un po' di scena, brillare in quella serata opaca. Ha voluto dire, a modo suo, che si sente un uccellino in gabbia, ma che prima o poi (*e speriamo prima!*) troverà il modo di volare via.

— Forte — ha commentato Milena. Sembrava sinceramente impressionata. — Sei una ballerina?

Robin ha scrollato le spalle. — Ballo, punto.

— Mi insegni qualcosa?

— Non saprei.

— Quello che hai fatto prima… Com'è?

La donna si è alzata, un po' barcollante, e ha provato in modo maldestro dei gesti sconclusionati, ridacchiando. Robin non si è mossa, la testa piegata di lato con uno sguardo di vago disprezzo, una mano poggiata sui fianchi. Ha alzato di scatto la destra che impugnava il telecomando e l'ha puntato verso il lettore, come se sparasse. La musica è finita di colpo, lasciandole disorientate, come se fossero rimaste al buio.

Milena ha tentato un sorriso impacciato, rendendosi conto di essere un'intrusa, mentre Robin la fissava con ostilità.

— Io andrei a dormire. — Una frase secca, che equivaleva a cacciarla.

Milena è uscita di malavoglia, inghiottita dal fumo e dal miagolio di un cantante che provenivano dall'altra stanza.

Robin ha chiuso la porta a chiave, per evitare altre intrusioni, ha spento la luce e si è affacciata alla finestra. Si è stupita che non esplodessero botti o fuochi d'artificio, come se tutti fossero d'accordo su questo punto: è passata l'epoca dei botti.

Non fa freddo.

Appena un brivido notturno proviene dal cielo blu luminescente. Sul terrazzo di fronte c'è gente che cammina avanti e indietro, come d'estate.

Prima o poi, pensa Robin, via di qui, lontano. Appena spunteranno le ali alle caviglie.

2

Il misterioso lettore collocato da qualche parte nel suo cervello (ma Robin pensa che sia nella parte centrale, una grande console da cui partono i segnali nervosi per tutto il corpo) attacca spesso i suoi brani hip-hop preferiti: allora Robin si trova a camminare obbedendo alla musica, e se deve andare più veloce le viene naturale compiere tre passi saltati e uno lungo.

Sale sull'autobus con uno slancio inaspettato, e non è come il salto atletico di un ostacolo, è quella che nella danza si definirebbe una spinta elegante e un'elevazione. Ma Robin non sa nulla di danza. Lei segue il suo ritmo, gira intorno al palo sulla porta del bus e si appollaia leggera sulla barra d'acciaio vicino alla macchinetta oppure, se c'è qualcuno che protesta, si accontenta di ripiegarvisi sopra come una foglia.

— Voi ragazzi non avete il minimo di educazione.

Ci risiamo, l'hanno scambiata per un ragazzo. Colpa della visiera del berretto che le nasconde metà faccia? Robin se lo sposta in modo che la visiera finisca sulla nuca.

— Ah, sei una ragazza. Non si capisce più nulla oggigiorno.

— Forse dovrebbe cambiare occhiali.

È previsto che la donna s'imbestialisca: le tizie permanentate e strette nei tailleur sono convinte che il mondo appartenga solo a individui permanentati e vestiti come loro. Sono convinte che basti una pettinatura scolpita con infinita pazienza da un parrucchiere barocco per stare dalla parte del giusto.

— Ah, ma che maleducata! — esclama con una punta di dolore ingiustamente inflitto a lei, così per bene, dunque così buona. — Dovresti andare a lavorare, ti passerebbe quell'aria strafottente.

Se è una giornata no, capita anche che qualcuno dia man forte alla signora permanentata. Di solito è un ometto di età imprecisabile, potrebbe avere cinquanta come mille anni.

— Ah, sì? — Robin mette su un'espressione vacua.

— Io ho cominciato a lavorare a dodici anni — l'uomo d'età elastica si sente autorizzato a informare il piccolo uditorio del bus.

Forse a quest'ora, le tredici e quarantacinque di un giorno autunnale molto grigio, la gente sente una specie di bisogno di raccontarsi, giustificare la propria presenza insostituibile in quel punto della Terra, in quell'epoca, in quel giorno e in quel momento. Ma a Robin pare che sia la (solita) intenzione adulta d'impartirle la morale giusto perché indossa roba troppo larga, che impedisce di renderla immediatamente catalogabile come adolescente femmina, bianca, innocua e normale.

— Altro che risposte maleducate!

— Certo. — Robin pensa che a volte dare ragione sia infinitamente più offensivo che controbattere. E poi ha fame, è stanca e ascolta a metà.

— E questa roba enorme che vi mettete addosso, sembrate tutti dei matti.

— Già.

— Mio padre me le dette di santa ragione una volta, perché mi ero messo una camicia a fiori.

La signora permanentata, che fino a questo momento ha annuito vigorosamente, si dilegua nella folla del bus, intuendo che si potrebbe cacciare dalla padella nella brace.

— Tuo padre non dice niente che vai conciata in questo modo?

Robin afferra l'occasione al volo per rispondere serissima: — Non ho padre. Sono orfana.

L'uomo rimane interdetto per pochi istanti. Assume un'espressione incredula, mentre arrossisce: se è vero, ha fatto una terribile, imperdonabile gaffe, e se non è vero non potrà certo dimostrarlo. La ragazza lo ha fregato. Ci sono mormorii intorno, qualcuno scuote la testa, mentre l'uomo batte in ritirata verso il fondo del bus. Robin rimane appoggiata alla sbarra, guardando fuori dal finestrino con un'espressione soddisfatta che nel giro di pochissimo torna a essere la sua aria evasiva, perché è stanca e ha fame.

Quando Robin entra in cucina, suo padre e suo nonno si zittiscono di botto, lasciando nell'aria una percettibilissima scia di tensione, come una scarica elettrica.

Massimo è accigliato, il nonno invece assume l'espressione serafica di chi ha appena rubato qualcosa ed è pronto a proclamare la propria innocenza. Robin capisce al volo che stavano parlando di lei e forse anche qual è l'argomento di una conversazione che presuppone sia stata animata.

Dalla memorabile serata di Capodanno, gli amici stressano papà con le presunte prodigiose capacità di Robin. Sembra che Milena gli abbia fatto una testa così sulle possibilità che potrebbe avere una ragazza della sua età, oggi. Una che balla in quel modo, senza neppure essere mai andata a scuola di danza!

Robin sa, ma finge di non sapere: sa perché ha captato mozziconi di telefonate, commenti, e ha frullato tutto insieme, ma nel suo stile finge di essere tra le nuvole, come se tutto questo non la riguardasse affatto.

Massimo sembra scettico, ma si sa come sono le donne: insistenti. Anche se, a dire la verità, Robin non ha granché esperienza in materia: pur appartenendo al genere femminile, di certo non può essere ancora catalogata come prototipo della categoria. Oltre a qualche centimetro d'altezza, qualche chilo in più e qualche anno, che fanno la differenza, le manca quella dote indispensabile che è l'insistenza, la cocciutaggine tipicamente femminile per cui quando una donna si mette in testa un'idea, quella deve essere.

Robin ha il sospetto che quando suo padre parla di testardaggine femminile si riferisca alla mamma, che dev'essere proprio un tipo del genere, abbastanza decisa. Dalle foto, sua madre Shane si direbbe tutt'altro che insistente e testarda, perché ha un'aria dolce e svagata, ma deve trattarsi della sua immagine a puro beneficio fotografico, perché se non fosse testarda e decisa, non potrebbe vivere tanto pericolosamente e così lontano. Lontanissimo da Robin, per esempio.

Massimo non ha voglia di parlare della sua ex… come la definirebbe? Ragazza? Fidanzata? Non è mai stata sua moglie, non si sono sposati, dunque dev'essere stata la sua ragazza e in effetti, tredici anni fa, era davvero una ragazza. Robin ha provato a immaginare quale fosse la loro storia romantica, ma chiedere direttamente al padre è fuori discussione: bastano pochi accenni per farlo innervosire, fargli affrettare i gesti come se da un momento all'altro stesse per partirgli il treno.

Lei è sempre vissuta con lui, almeno da quando ne ha memoria. Il resto è un confuso niente che suo padre e suo nonno hanno cercato di riempire fornendole notizie e ricordi che Robin è convinta di non possedere, come se sua madre, andandosene quando lei aveva tre anni, si fosse portata via per sempre anche il suo passato, oltre che il proprio.

Di quell'indistinta nebbia che ora le pare l'infanzia, Robin ricorda quando sua madre viveva saltuariamente a Roma, sempre per brevi periodi e non più di un paio di volte all'anno, perché la sua vita era altrove, in un altrove molto lontano e sempre molto povero, dove un numero indefinito di persone sembrava avere un estremo bisogno di lei.

Sua madre, Shane Forrest, è una di quelle nobilissime persone che lavorano nel volontariato internazionale ed è sempre impegnata in qualche missione in un paese straziato dalla guerra, in mezzo ai profughi dei campi di raccolta.

L'ultima volta che si è fatta viva con Robin è stato per il suo compleanno: le ha inviato un filmato per e-mail facendosi riprendere davanti alla sua casa in Pakistan. Robin è rimasta sorpresa dal fatto che non fosse un'abitazione caratteristica, come quelle che si vedono nei documentari sui paesi esotici. Si trattava invece di un palazzo qualsiasi che poteva trovarsi in un paese qualsiasi e se sua madre non avesse filmato anche qualche abitante lì intorno e le strade piene di fango e spazzatura, avrebbe potuto giurare che fosse in Italia, in qualche periferia sgangherata.

Fino a poco tempo fa, Robin scriveva regolarmente lunghi messaggi a sua madre, raccogliendo con cura pezzetti sfavillanti di un'esistenza così opaca nella sua normalità. Si sforzava di raccontare come fatti eccitanti l'arrivo di una nuova insegnante o l'ultima lite tra due compagni, inviava la e-mail come uno che manda un messaggio in bottiglia, sperando che mamma capisse quanto le mancava.

Ma da qualche tempo, all'incirca da dopo il compleanno, ha la sensazione di aver subito un imbroglio. Si sente tradita nella sua ingenua speranza di essere compresa. Le lunghissime lettere di sua madre sono né più né meno che reportage giornalistici, come se Robin fosse un indistinto pubblico di lettori assetati di notizie sulle conseguenze della guerra patita dai poveri e sulla tragedia dei profughi.

Quando vede apparire il nome di sua madre sulla casella della posta, non prova più l'euforia di un tempo, ma un senso di fastidio, un grumo di rabbia per quella donna che le manda dal cielo una sorta di dogma, con tutte le sue considerazioni sull'ingiustizia e sulla violenza dei potenti sui deboli. Come se volesse, da tanto lontano, catechizzare lei, Robin, una perfetta sconosciuta.

Quanto a suo padre, ha chiuso ogni contatto diretto con Shane. Se deve parlarne, usa accenni sarcastici, chiamandola Madre Teresa.

Robin non lo contraddice, ma sa che si sbaglia: Shane non è religiosa, non ha fini missionari e non c'è nulla di compassionevole in quello che fa, pur avendo le sue azioni fini molto compassionevoli. Ultimamente sembra piuttosto una specie di combattente: somiglia sempre meno alla ragazza delle foto, con i capelli lunghi e romantici, il viso morbido. La sua postura, le spalle ossute e quadrate, i capelli corti le conferiscono un'aria vagamente militare, non fosse per la stranezza dei vestiti e delle scarpe, il vezzo dei bracciali etnici e delle collane di legno e pietruzze.

L'ultima volta che Robin l'ha vista in carne e ossa risale circa a un anno prima.

Shane era tornata per un periodo di riposo, come sempre abbastanza breve, e le aveva telefonato. Aveva una voce festosa, sbarazzina: per fortuna al telefono aveva risposto il nonno, perché Robin sapeva che a suo padre si torceva lo stomaco anche solo a rispondere a quella voce dal tono allegro e tentare una conversazione "civile" con le essenziali domande del caso (che poi sono dei reciproci, superflui "come va?"): il torcimento lo si indovinava dall'espressione a metà tra il disgustato e l'indifferente con cui diceva: «C'è tua madre, vuole parlarti.»

Fin da piccola Robin si era resa perfettamente conto di come suo padre detestasse essere costretto a vedere Shane e rammentarsi di sfuggita, ma inesorabilmente, quello che era accaduto tra loro, quel breve amore o progetto che, pur per poco tempo, senz'altro entrambi avevano accarezzato ed era svanito di colpo scavando una distanza siderale tra loro.

Per Robin, più che di distanza galattica, si tratta di una

specie di frequenza radio difficile da captare, come un segnale che viene inviato a intermittenza sulla Terra da qualche pianeta sconosciuto. Il segnale può arrivare in forma di e-mail o di telefonata, come per l'ultima volta che si sono incontrate, a Roma.

Allora aveva solo undici anni e mezzo, era una bambina e vedeva ancora sua madre come una specie di fata o eroina. Era convinta che presto sarebbe tornata da lei: doveva solo aggiustare alcune cose sbagliate nel mondo, come per quella missione pericolosa in Pakistan, dove milioni di profughi afghani si assiepavano sul confine, in fuga dalla loro terra bruciata dalle bombe americane. Forse l'eroina Shane si sentiva colpevole, in quanto statunitense, della guerra sferrata dagli Stati Uniti, e si sentiva in dovere, da pacifista convinta, di correggere quegli orrori prodotti dalla politica fanatica del suo paese, curando povera gente con tenacia tipicamente americana.

— Sei cresciuta, sei una ragazza, quasi — le aveva detto squadrandola.

Erano nel piccolo appartamento che Shane aveva comprato a Roma e che normalmente ospitava una famiglia proveniente dal Montenegro. Ora che sua madre stava per alcune settimane in Italia, dormiva sul divano letto del soggiorno, come se l'ospite fosse lei. Parlava con quel suo solito accento straniero: non aveva mai migliorato il suo italiano e Robin non aveva ancora imparato l'inglese così bene da poter sostenere una vera conversazione con lei. Anche se Shane aveva esordito: — *Are you happy to see me?*

— Non so parlare inglese — si era scusata Robin.

Lei aveva alzato gli occhi al cielo: — Cosa c'è che non

va nelle scuole italiane che nessuno parla inglese? Nel resto del mondo lo parlano persino i bambini di tre anni.

Robin non aveva potuto fare a meno di pensare come ci fosse sempre tutto il mondo tra lei e sua madre, anche per dettagli insignificanti. Ma, visto che aveva undici anni ed era ancora piccola, le aveva chiesto ingenuamente: — Perché devi stare sempre lontano?

— Perché è una faccenda molto importante. C'è una guerra e noi dobbiamo fare qualcosa.

Oggi Robin si dice che avrebbe dovuto controbattere che c'è sempre una guerra: da quando è nata ce ne sono state almeno quattro d'interesse mondiale, per non parlare dei fuocherelli di violenza un po' qua un po' là.

— E quando tornerai? — aveva chiesto, invece, come un'orfanella desiderosa di calore materno, ma Shane non si era fatta incantare, la vecchia volpe.

— Be', ora sono tornata, no?

— Voglio dire, quando tornerai per rimanere?

— Vedi, Robin, io vorrei molto poter tornare per rimanere. Significherebbe che le cose si sono messe a posto, che la gente ha smesso di soffrire. Ma non è così. Io vorrei poter stare con te, ma tu sei una bambina fortunata, hai tutto, mentre ci sono bambini che non hanno nulla, e muoiono di fame o di malattia o perché mettono un piede su una bomba, e ci vogliono persone che aiutino questi bambini semplicemente a sopravvivere, e questo è quanto io ho scelto di fare.

Quella stessa sera, in macchina, Robin rimuginava tra sé. Suo padre pareva sfinito da quella giornata che presumibilmente aveva passato gironzolando per Roma come un cane sciolto, finché per qualche ora si era seduto dentro un bar a guardare la partita in televisione con altri cani sciolti come lui.

Quando Robin era più piccola, questa gita capitava più spesso, una volta al mese o ogni due mesi, una vera tassa per Massimo, che qualche giorno prima cominciava a innervosirsi e a volte persino a impallidire, come se stesse per ammalarsi. Allora si metteva in mezzo il nonno, che si offriva di accompagnare Robin al posto del figlio.

All'alba, fresco come una rosa, Aldo fischiettava allegro; appena salito in macchina metteva le sue cassette di musica da film, tanto che a Robin sembrava di galoppare per le praterie del vecchio West fino alla città straniera, dove lei, in versione cow-boy solitario, incontrava la vecchia mamy e riceveva la stella da sceriffo. Quando ripartivano, il nonno sembrava su di giri, perché durante la giornata era andato a trovare certi vecchi compagni, e Robin si chiedeva come facesse ad avere amici dappertutto: c'era sempre un collega che spuntava fuori da qualche parte, uno con cui aveva lavorato o aveva fatto politica ed erano "rimasti come fratelli". Per strada Aldo le chiedeva che aveva fatto di bello, ma a Robin pareva molto più interessante quello che aveva fatto lui, perché aveva sempre qualche racconto sorprendente, come aver giocato per la prima volta a bowling con gli amici misteriosi dei tempi passati. E se Robin chiedeva come aveva fatto a giocare e vincere persino una birra, il nonno rideva: — Che ci vuole? È come giocare a bocce. È solo un po' più pesante quella dannata palla.

E via di nuovo con la musica da galoppo verso il vecchio ranch, anche se in realtà era un appartamento dove abitavano loro tre cow-boy. Robin si è sempre vista come un cowboy e non come una fanciulla da carovana del West.

Chiamandola Robin, sua madre doveva aver pensato all'eroe leggendario che difendeva i poveri, Robin Hood. E ogni tanto lei non poteva fare a meno di pensare che se fosse stata un maschio, Shane non l'avrebbe lasciata. Ma era un pensiero che faceva male e basta.

Mentre sua figlia se ne stava taciturna sul sedile posteriore dell'auto, dopo l'ultimo incontro con Shane, Massimo guidava, altrettanto taciturno. D'un tratto Robin aveva rotto il silenzio per chiedere: — Tu e Shane dove vi siete conosciuti?

Massimo le aveva lanciato un'occhiata attraverso lo specchietto posteriore.

— In discoteca.

— In discoteca?

— Sì, perché, ti pare strano? — Dallo specchietto era apparsa la sua occhiata ironica, il suo profilo si era stirato in un mezzo sorriso. — Allora non le era ancora venuta la vocazione del volontariato. — Ma la parola vocazione l'aveva pronunciata quasi strillando, con una mano che volteggiava in aria. A Robin era sembrato che parlasse di flamenco, più che di vocazione. — Era appena arrivata in Italia, voleva imparare l'italiano, ma poi come tutte le americane se ne andava in giro per locali a divertirsi. Tua madre era un bel po' diversa, sai? Era una ragazza allegra, voleva spassarsela. Mai sentito discorsi su gente che muore di fame o del mondo da aiutare. Tutta roba venuta fuori dopo.

— Dopo cosa?

— Anni dopo — aveva svicolato Massimo, pentito di quello sfogo estemporaneo con sua figlia.

— C'ero già io?

— Tu avevi un anno, quando lei si è messa a frequentare dei gruppi pacifisti. — Lo sfogo di prima si era placato. Massimo cercava di raccontare oggettivamente, come se parlasse di una parente lontana, a poco a poco il tono si era fatto quasi sommesso: — C'erano state manifestazioni contro la Guerra nel Golfo; lei si era sentita coinvolta perché quelli che andavano a bombardare laggiù erano i suoi compatrioti.

Suo padre guidava velocissimo, come al solito: a Robin pareva di volare nell'autostrada buia, superando in fretta auto che sembravano apparizioni notturne, le cui luci venivano presto inghiottite dalla distanza.

— Si è messa a lavorare come una matta con quelle associazioni. Non c'era bisogno di buttarsi a corpo morto in una cosa del genere, c'eri tu, ma lei ha cominciato a sbarellare, a dire che c'erano cose molto più importanti che badare a un bambino. Frequentava la gente più disparata, io ho cominciato a preoccuparmi seriamente perché tu eri piccola e quella non ci stava più con la testa. Ti lasciava a chi capitava, amiche o conoscenti casuali. C'era sempre una riunione importantissima, per gli aiuti da mandare da qualche parte o per discutere cose di cui non ho la più pallida idea, perché in effetti non mi interessava niente di tutta quella roba, mi sembrava che Shane l'avesse presa a cuore in modo esagerato, pur di non starsene in casa... Ma guarda questo cretino come mi sta attaccato, e vai, passa! — D'un tratto Massimo aveva guardato inferocito lo specchietto, dov'era comparsa fulminea un'auto che chiedeva strada sfanalando.

Robin era rimasta in silenzio, cercando di ricordare qualcosa di cui non aveva memoria, mentre il racconto di suo padre colmava quel vuoto, diventava la sua stessa memoria: vedeva la madre rispondere al telefono in inglese, uscire in fretta, lasciandola in braccio a una donna sconosciuta, tornare molto tardi la sera, quando lei era addormentata. Le sembrava di sognare la fata Shane che affidava sua figlia alle cure di altri perché sulla Terra mille voci la stavano invocando: "Vieni, vieni ad aiutarci!" E lei, la fata bionda, che infine aveva scelto generosamente di alleviare quei mali, lasciando la bambina al papà, un comune essere umano che viveva con i genitori pronti a occuparsi di lui e della piccolina. Così Robin era cresciuta nell'appartamento di periferia dei nonni e del papà.

— Ancora trenta chilometri e ci siamo — stava dicendo Massimo, per colmare il silenzio in cui erano piombati, persi entrambi nei ricordi comuni. Voleva impedirsi di andare oltre in quella confessione incoraggiata dalla notte e dalla stanchezza, perciò aveva acceso il lettore, facendovi scivolare uno dei suoi CD.

Robin è cresciuta tra due universi musicali contrastanti, sballottata tra i grandi spazi sinfonici della musica da film e le canzoni sentimentali che ti incollano alla poltrona per trapanarti le orecchie con disperate grida d'amore.

Per fortuna lei ha scelto un'altra strada: quella del ritmo. Dev'essere successo proprio quel giorno – anche se ancora non conosceva le possibili variazioni dei registri sonori – che Robin ha deciso di cercare qualcosa di più adatto a lei, una musica che esprimesse qualcosa di diverso dall'amore, giusto o sbagliato che sia.

3

Non oltrepassare la linea gialla.

Massimo fissa quella riga che sembra disegnata con un grosso pennarello senza quasi vederla. La nube violacea dei pensieri si condensa in uno sfogo: perché non mi lasciano in pace tutti quanti? La domanda mentale è come una voce fuori campo sulle immagini che si sovrappongono velocissime. Suo padre, poi Robin, ancora suo padre, e Fabio e Milena, le loro frasi insistenti (*secondo me ha talento, devi provarci, non le puoi negare una possibilità*).

Massimo scuote la testa: una possibilità? È una possibilità ballare, come fa sua figlia, i passi copiati dai videoclip? È solo un gioco da ragazzini. Anche lui, da piccolo, si esibiva in simili idiozie, imitava i personaggi della televisione e tutti si spanciavano dal ridere. Ma da qui a studiare recitazione per diventare un comico, ce ne corre. Che cos'hanno tutti da affannarsi intorno a Robin, allora? Cos'è questa storia di mandarla a un corso di danza, come se possedesse una qualche dote rimasta assopita fino ad ora?

Il cervello gli proietta un filmato di sua figlia che sembra navigare dentro le magliette extralarge e i pantaloni che strascicano per terra, l'aspetto di qualcuno dimagrito all'improvviso trenta chili. Una strana, buffa creatura dal naso sporgente, i gomiti aguzzi, i polsi sottili e i piedi enormi. Una ragazza: chi lo direbbe alla prima occhiata? Perché non indossa mai una gonna? Perché non ha niente di femminile?

Massimo alza lo sguardo verso le pareti della metropolitana. Proprio sopra il binario è appeso uno schermo che proietta pubblicità e trailer di film. I suoni echeggiano nelle gallerie come se da quei tunnel bui giungessero voci lontane, canti o promesse. Volti femminili che ammiccano, corpi abbronzati distesi mollemente su spiagge ombreggiate da palme costituiscono i canti di sirene (*vieni, unisciti a noi, al caldo, al sole!*) da cui staccarsi con uno scossone, come in un risveglio brusco.

Non oltrepassare la linea gialla. L'occhio si posa sul cartello ammonitore solo per pochi secondi, il cervello sa già qual è la frase: senza che Massimo la legga gli si stampa sulla retina come se la stesse vedendo per la prima volta. Quattro minuti all'arrivo del suo treno. Il marciapiede a quell'ora mattutina è pulito, ma sembra che una mano di sporco indissolubile vi sia spalmata sopra, sarà per quel color piombo fuso o per l'aria, qui non c'è che un vento sotterraneo generato dalla velocità dei treni, il vortice delle viscere cittadine che, alle sette del mattino, funziona come motore propulsore degli ingranaggi di quell'immensa fabbrica che è la città. La sua città, almeno. Un posto dove è impensabile sedersi su una panchina a guardare il cielo.

La linea gialla. L'andatura un po' balzellante di Robin,

un'accozzaglia di vestiti che cammina da sola, come l'Uomo Invisibile. Questa sarebbe la ballerina potenziale? Il cervello invia a Massimo un filmato d'archivio: sua figlia che si rifiuta di frequentare il corso di ginnastica artistica, che mette su un muso lungo fino ai piedi, e la nonna (sua madre, già, era ancora viva) che la protegge, la giustifica: — Ha ragione, povera stella, è così complicato.

Il problema sono stati quei due, i suoi genitori. Robin è una bambina viziata dai nonni, le hanno consentito tutto e lei si è sempre sentita spalleggiata, con il risultato di non impegnarsi mai a fondo: alla primissima difficoltà rinuncia subito. La ginnastica artistica, la pallavolo, il tennis... quante ne ha provate? Anche un'arte marziale di cui Massimo non ricorda il nome, aikido o tai-chi? In ogni caso, il fatto è che Robin è una cui ogni giorno parte un treno e ora è saltata su quello della musica hip-hop, ma presto si stancherà. Suo padre, il nonno, dovrebbe saperlo, invece di farsi condizionare dalle chiacchiere di Milena.

Due minuti e mezzo all'arrivo del treno, le immagini turbinano senza offrirgli un'idea precisa. Invece Massimo è abituato a risolvere le cose senza stare troppo a pensare. Qual è il problema? Bene, troviamo la soluzione. C'è sempre una soluzione, no? Rimuginare è inconcludente, è quello che faceva Shane ed è un vizio che ha sempre avuto, anche quando era la ragazza allegra dei primi tempi. Capitava che la trovassi impensierita per certe sciocchezze, per fantasie sue, poteva tenere il muso per giorni. Un carattere lunatico. Per fortuna Robin non ha preso da lei: sembra piuttosto aperta, come ragazza. Serena. Ha le sue manie musicali, ma alla sua età è normale che sia così, le è presa la fissazione di ascoltare canzoni in uno slang americano incomprensibile: chiamalo cantare.

Se le piace ballare su quella roba, Massimo non ha proprio nulla da obiettare, anche se ha sempre detestato ballare, andava in discoteca con gli amici più che altro per incontrare le ragazze. Invece Shane si divertiva da matti, in pista: Robin avrà preso da lei. La mente, che stamattina si diverte ad aumentargli l'irritazione, gli invia l'immagine di Shane ragazza, scatenata in discoteca. Massimo sogghigna: certo, ora ha poco da ballare, in Afghanistan o Pakistan, dove diavolo si è cacciata, in uno di quei paesi infernali. La gente di lì, se potesse, se ne andrebbe di gran carriera, e questa pazza invece ci va di sua volontà.

A Massimo la faccenda di sentirsi utile al mondo non va proprio giù: perché, lui non è forse utile qui, non svolge la sua parte fino in fondo? Non sarà un medico senza frontiere o uno di quegli eroi che sprofondano nei gorghi della miseria e della guerra, ma è comunque uno che si è occupato della sua famiglia. E da quando sua madre è scomparsa quasi d'improvviso, quattro anni fa, la sua mancanza è palpabile, un vuoto che stride nel flusso ritmico della giornata. Robin non ha più chiesto niente, dopo quella domanda: — La nonna dov'è?

Massimo aveva risposto: — È volata in cielo.

— Vuoi dire che è morta?

Lo sguardo era rimasto fermo, ma la voce gli si era un po' incrinata, mentre diceva: — Sì, è così.

Lui non sta forse sacrificando una buona parte della sua vita per occuparsi della figlia e del padre vedovo? Vorrebbe vedere Shane qui: non era sufficiente per lei fare *solo* la mamma, aveva bisogno di un'immensa famiglia cui apparire come un angelo, mentre qui sarebbe stata una donna qualsiasi, una madre qualsiasi.

Non oltrepassare la linea gialla.

Lui non la oltrepassa, sta nelle regole, sta al suo posto, fa il suo dovere invisibile, per niente eroico. Lui e Shane si accusavano reciprocamente di egoismo e di cinismo: può darsi che Massimo sia stato egoista con lei, ma non erano fatti per vivere insieme, su questo erano stati d'accordo entrambi.

Avevano concordato che la bambina sarebbe cresciuta con lei, e Massimo avrebbe provveduto a tutto: chiamalo egoista. Ma chissà se quella donna strana non covasse l'idea romantica del matrimonio, vai a sapere: alla fine le donne sono tutte uguali. Ti dicono che a loro non importa niente di sposarsi, mentre si vedono già con i fiori d'arancio in chiesa. In ogni caso l'egoista aveva fatto la sua parte, come sempre: le aveva trovato l'appartamentino, le pagava tutte le spese, e poi andava a prendere la bambina, a volte le faceva persino la spesa. Cos'era andato storto? Che voleva dire: «Sento che c'è qualcosa di molto più importante di questa piccola vita»? Chi le aveva fatto il lavaggio del cervello fino a farle lasciare tutto alle spalle per il volontariato?

Ha voglia a dire suo padre che queste cose capitano. Anzi, lui non ci trova nulla di strano perché alla sua epoca ce n'erano di persone che lasciavano mogli e figli per darsi alla politica; semplicemente oggi l'obiettivo si è allargato, è diventato il mondo intero. Non bastasse avere una figlia a cui badare, c'è anche un padre strano, con quelle idee antiquate e i polverosi ricordi di lotte sindacali.

Hai trentanove anni, dice la voce tormentatrice dentro di lui, e non ti senti né padre né figlio. Ti senti uno che ha solo doveri, e non si concede nulla.

Mezzo minuto all'arrivo del treno, il vento ne preannuncia la sagoma sfrecciante, i fari bucano il cerchio nero della galleria riportando Massimo alla sua dimensione presente e già proiettata nel futuro: appuntamenti, persone, contratti. Sale sul treno in mezzo a una piccola folla indistinta, come un atomo dentro una cellula che si sposta compatta. Le porte si richiudono, il treno romba dentro il tunnel.

Massimo si è seduto e i pensieri lo ricatturano con la proiezione di immagini e la registrazione di voci vecchie e nuove. Questa dimensione di sogno intermittente gli capita solo qui, in metropolitana, perché di notte non sogna. Del resto dorme pochissimo, va a letto alle due e si alza alle sette. In quel breve intervallo sprofonda in un sonno senza immagini o fantasie o ricordi e, alla fine, ecco il risultato: quelle fantasie vengono ad assalirlo mentre viaggia.

Chi l'ha tirata fuori la scuola di danza? Di certo non Robin, lei sembra averne già abbastanza di quella dell'obbligo per essere sfiorata dall'idea di un'altra scuola, con le conseguenti regole e discipline.

È stata Milena, e poi si è messo in mezzo quel matto di Aldo. Come gli ha detto?

«Guarda che Robin aspetta solo un incoraggiamento, vuole sentire che credi nelle sue capacità.»

Non ci sarebbe proprio bisogno che Aldo ogni volta si mettesse a fare la paternale, ma quell'uomo, suo padre, malgrado tutte le sue brave idee progressiste, ha sempre adorato sentirsi patriarca, e Massimo è sicuro che sotto sotto lo abbia sempre rimproverato di non essersi sposato, di non aver portato in casa una nuora. Che cos'erano se non piccole dosi di saper vivere quelle frasi buttate lì sull'importanza di ascoltare le donne? Come se lui, Aldo, fosse stato un marito perfetto quando probabilmente aveva avuto solo fortuna. Sua moglie Miretta era una donna dolce e con un gran senso del dovere. E poi erano altri tempi, c'era qualcosa di forte intorno all'idea del matrimonio, della famiglia. E alla fine, comunque, Aldo ha sempre quella maledetta capacità di appiccicarti addosso un senso di inadeguatezza con quel modo spiritoso di dire le cose, che sembra ti stia dando un consiglio da amico e invece ti appioppa qualche compitino.

— Eh, su, devi solo fare la tua parte: il papà. — Così gli ha detto, proprio ieri, battendogli una mano sulla spalla.

— Perché, finora cos'ho fatto? — si è stizzito Massimo.

— Non ti sto mica rimproverando. — Aldo ha alzato le sopracciglia, con espressione innocente. — Ti dico solo che, secondo me, la nostra ragazza ha bisogno di una spinta. O hai qualcosa contro la danza? — Aveva sorriso sotto quei baffi fuori moda che si ostina a portare, foltissimi e spioventi.

— Non farla tanto lunga: stiamo parlando dell'hip-hop, e secondo me tu non sai neanche di che si tratta.

— Mi credi sordo? — si è inalberato Aldo. — Guarda che ci sento ancora bene, e ci parlo, con mia nipote.

— To', hai cambiato idea sulla moda giovanile — ha ribattuto Massimo sarcastico. — Non eri tu che criticavi la musica che ascoltavo? Non dicevi che era roba reazionaria?

Aldo si è fatto d'improvviso molto serio: — Mi sembrano discorsi massimalisti.

— Ma tu eri massimalista, papà! — è sbottato Massimo, esasperato. — Eri quello che divideva il mondo in buoni proletari e cattivi borghesi, in lavoratori e intellettuali.

— E allora? Abbiamo fatto autocoscienza, no? E le nostre brave riflessioni, il nostro percorso...

— Ma lo vedi che parli ancora al plurale? Si sta parlando solo di te, non di una massa di gente!

Ancora questi discorsi! Aldo riusciva a buttare tutto in politica, era un vizio irrinunciabile. Diventavano discussioni insopportabili, Massimo lo sapeva benissimo, così, arrivati a questo punto, conveniva ammutolirsi perché suo padre, con gravità religiosa, attaccava un lungo panegirico che doveva servire a dimostrare sostanzialmente che aveva ragione.

Invece stavolta ha tagliato corto: — A ogni modo, secondo me è meglio se glielo dici.

— Cosa? — Massimo lo fissava sorpreso.

— Che ti fa piacere se va a ballare. Di questo si parlava, no? E poi dici che dimentico le cose da un momento all'altro. Mi pare che tra noi due sia tu quello che perde la bussola.

È per questo che stamani la testa è persa in un groviglio di ricordi e di piccole punture di rimorso. Non sono rimorsi, si ribella Massimo, faccio tutto il possibile, sto dentro a una situazione che ha dell'incredibile. Come gli ha detto l'ultima fidanzata con sarcasmo, lui vive in una trinità fatta di unioni filiali, senza nessuna relazione tra estranei, senza complicazioni sentimentali e sessuali: la perfezione?

Esce dal treno, sale in fretta le scale. Fuori dal metro, l'aria non è molto diversa come odore, è solo più fredda. Mentre digita il numero, dà un'occhiata all'ora. Sono le sette e quaranta.

— Che c'è, Massimo? — la voce è infastidita.

— Niente, ieri sera non ho fatto in tempo a parlarti. È stamani che hai il compito, vero?

— Sì.

— In bocca al lupo.

— Crepi.

Nient'altro: il telefono per pochi istanti rimane muto e Massimo domanda: — Pronto? Pronto? — pensando che la linea si sia interrotta.

— Ti sento — fa lei, sbrigativa.

— Se ti va, nel pomeriggio andiamo a informarci per il corso di hip-hop.

— Hmm-hmm.

— Sarebbe un sì?

— Sì. — Probabilmente Robin sta alzando le spalle, come fa quando pronuncia questi monosillabi.

— Grande entusiasmo, eh?

— Massimo, sono in bagno — sbuffa lei. Aspetta un istante, poi lancia un urlo nel microfono: — Iuppiiiii! Va bene così?

Massimo sorride: — Che scemarella!

— Ciao ciao. Buon lavoro. — Il tono di Robin è allegro. Finalmente lui si sente rincuorato, leggero. È sempre la sua bambina.

4

Robin scocca una rapida occhiata al portone scuro, e prova l'impulso irresistibile di girare i tacchi. Quel posto non fa per lei.

Aldo avverte la sua esitazione e la scarica elettrica della sua irritazione improvvisa perché si affretta a commentare: — Ci manca solo la scritta: *per me si va nella città dolente.* — Robin però non ha alcuna reazione se non una certa espressione vacua, segno che la citazione le è del tutto sconosciuta. Aldo insiste: — *Per me si va nell'eterno dolore, per me si va tra la perduta gente...* Non ti dice nulla?

Robin scrolla le spalle e lui si sente in dovere di spiegarle: — Era la scritta sulla porta dell'inferno.

— Ah sì? — la ragazza accenna a un barlume di interesse. — E chi lo ha detto?

— Dante Alighieri, nella *Divina Commedia.* Di' un po', è un argomento che non si studia più a scuola?

— Più o meno.

— E allora non capisco perché questo portale ti faccia impressione.

— Non mi fa impressione. È che è tutto troppo antico, mi aspettavo un posto diverso.

— Be', qui c'è scritto Scuola di danza. Magari dentro è tutta un'altra faccenda.

— Per me... *si va tra la perduta gente* — ribatte Robin.

Stanno entrando nel palazzo, ma oltre la porta l'impressione non è migliore: l'atrio è rischiarato a stento da una luce fioca che potrebbe adattarsi all'anticamera dell'inferno. Robin continua a pensare che sia uno sbaglio proseguire oltre, ma Aldo procede come se fosse Dante Alighieri in persona e non le dà il tempo di protestare: è già in fondo al corridoio semibuio, ad aprire una porticina grigia.

Rimangono entrambi quasi abbagliati dall'illuminazione della saletta. In un'occhiata, Robin registra le pareti bianche, il pavimento di legno, la scrivania, la donna seduta dietro, che porge una mano al nonno e si volta per sorriderle. Lei, di rimando, abbassa la testa sotto la visiera del berretto e si infila le mani nelle tasche del giubbotto. Da una porta laterale escono un paio di bambine in calzamaglia e costume nero e si precipitano verso un'altra porta. Una delle due sfiora Robin, che istintivamente si scosta, stringendo i pugni dentro le tasche. Le due bambine, però, sono solo una sorta di apripista per tutto il carosello che sembra avviarsi intorno a Robin proprio in questo momento: un gruppetto di ragazze con gli zaini in spalla entrano dalla porta d'ingresso chiacchierando; altre in tuta nera escono da una porta ed entrano in un'altra, seguite da quella che dev'essere un'istruttrice, anche lei in abbigliamento scuro e con i capelli legati sulla sommità del capo.

Robin cerca di assumere una posa disinvolta, tirando

fuori le mani dal giubbotto e mettendosi a braccia conserte. Non è riuscita a seguire il colloquio tra suo nonno e la donna, anche perché si è un po' allontanata dalla scrivania come se fosse qualcuno entrato lì per caso, un fattorino o un garzone che sta aspettando una consegna. Una ragazza le lancia un'occhiata curiosa e Robin capisce al volo che l'hanno presa per un maschio. Si riscuote appena si accorge che la donna si sta rivolgendo a lei: — Entra là dentro, poi la prima porta a destra.

Robin assume un'espressione attonita e un po' spaventata. Le parole del nonno non la confortano, anzi: — Ti fanno un provino per vedere cosa sai fare.

— Un'audizione — lo corregge la donna. — Niente di speciale, solo per capire il livello in cui inserirti. Intanto riempi questi fogli, per favore.

— Che audizione? Non sono venuta qui per fare uno spettacolo — sussurra Robin al nonno, e la voce le trema per l'improvvisa emozione.

Un'audizione? Come si vede nei film? Lei non sa fare niente di niente, e poi non ha mai ballato con un maestro. Tutta colpa di Massimo che ha lanciato il sasso e ha ritirato la mano, pensa in un millesimo di secondo, mentre un fulmine di rabbia attraversa la nube d'ansia che le si è attanagliata addosso. Doveva accompagnarla suo padre, ma all'ultimo momento, come al solito, ha avuto chissà quale impegno, qualche seccatura che lo ha inchiodato in ufficio. Ci sarebbe proprio da chiedere quale urgenza possa avere un assicuratore, quali impegni incresciosi possano condannarlo al ritardo perpetuo. Perché, se ci fosse Massimo, in questo esatto istante Robin potrebbe dire: "No, grazie" senza alcun problema, suo padre scrollerebbe le spalle e sarebbero già fuori in tre secondi.

Ma con Aldo è un'altra faccenda: lei sta per aprire bocca, respirando con l'affanno, quando suo nonno la anticipa: — È il loro sistema, di che ti preoccupi?

— Io non ho mai fatto niente di danza, di danza vera...

Aldo sembra non ascoltarla, sta leggendo i fogli che la segretaria ha messo in mano a Robin: DA QUANTI ANNI BALLA? QUALI CORSI HA FREQUENTATO?

— Sbarra tutto — le dice, indicando con un dito le domande.

— Ma è inutile che sbarri qui e che vada a provare, tanto mi buttano fuori, è matematico...

— È solo una prova, non essere tragica. Fai quello che ti viene in mente, andrà sicuramente bene. È una scuola, non un teatro.

— Per me... si va nell'eterno dolore — borbotta Robin, ma suo nonno la rintuzza: — Esagerata.

La stanza le pare enorme, una piazza d'arme su cui procede timidamente. Ha la sensazione di sporcare quel bel pavimento di legno biondo e lucido con le sue scarpacce che cigolano a ogni passo.

Le pareti sono ricoperte di specchi, così Robin vede se stessa venirle incontro come se fosse una sua gemella, e le fa impressione riconoscersi in quella piccoletta che ondeggia verso di lei, le spalle che roteano leggermente mentre cammina, le gambe un po' larghe, le punte dei piedi appena in fuori. Robin realizza in questo preciso istante di non essersi mai vista tutta intera mentre cammina, spietatamente di fronte.

— Okay, fermati pure lì.

Robin si blocca e contemporaneamente si volta verso il punto da cui è arrivata la voce. Un uomo in maglietta nera e calzoni larghi è appoggiato a una sbarra e la sta osservando. Robin era talmente presa dalla propria immagine da non averlo notato. In una mano l'uomo tiene i fogli che lei ha riempito poco prima, nell'altra stringe un telecomando. Se lei si aspettava uno tipo professore, qualcuno occhialuto e in giacca, magari seduto dietro una scrivania, si è sbagliata di grosso, perché il tizio in questione è abbastanza giovane e piuttosto bello: a giudicare dalle braccia muscolose sembrerebbe un atleta. Robin prova un senso di sollievo quando vede che anche lui indossa un paio di sneakers.

— Bene, cominciamo? — Le sorride leggermente.

Robin annuisce, deglutendo (*cominciamo cosa?*). L'uomo, il maestro di ballo, aziona il telecomando per far partire un brano che lei non riesce a riconoscere sul momento se non per il ritmo che è sicuramente rap.

Robin batte il tempo con una mano sulla coscia, per il resto è ferma come una statua di sale, il maestro le indirizza un gesto incoraggiante con la mano aperta, come dire: datti da fare, la sala è tutta tua. Allora alza un braccio, muove qualche passo, poi inizia una sequenza che ripete spesso in casa o nella palestra della scuola o in strada, quando lei, Gipo, Maicol e Bongus si mettono ad ascoltare la musica giù nella piazzetta.

La piazzetta è uno squarcio tra i palazzi. Probabilmente,

nei progetti arditi dell'architetto che ha disegnato il quartiere, sarebbe dovuta diventare un bel giardino, di quelli da città ideale. Ma vialetti e aiuole e alberi, panchine e fontana sono rimasti sulla carta: qui ci sono solo sprazzi d'erba secca tra lastre di cemento e una specie di minianfiteatro fatto di blocchi color bianco sporco. Di solito i ragazzi si appollaiano lì, posano a terra lo stereo di Maicol – una specie di enorme mosca di plastica argentata – e alzano il volume al massimo. Poi cominciano a ballare.

Dei quattro, Bongus è il meno elastico, a malapena si muove sulle gambe, a volte ruzzola per terra, ma se c'è una cosa che ha di buono è che la prende sempre sul ridere.

Al contrario di quello che accade nel quartiere, dove i loro spettacolini non sono affatto apprezzati, anzi, hanno provocato malumori e proteste indirette, quelle vigliaccherie da grandi condomini che funzionano così: qualcuno dice a Massimo o ad Aldo che Robin, con quella musica a tutto volume nella piazzetta, disturba certe persone, perciò nella prossima riunione di condominio vi saranno richieste di multe o diffide o chissà quali provvedimenti perché questi ragazzi non possono passare il tempo a ciondolare in mezzo alla strada. Oggi la musica, domani chissà. E se Massimo o Aldo si arrabbiano perché i ragazzi non possono neppure stare in santa pace ad ascoltare un po' di musica, allora il chiacchierone alza le mani proclamandosi solo innocente portavoce di pettegolezzi sparsi per i palazzi.

Robin e i suoi amici sono molto fieri che si parli di loro come di schegge irritanti nel grande occhio del condominio.

La loro condizione di giovanissimi comporta un'osservazione critica costante da parte della gente: sembrano tutti giudici, tutti professori, tutti esperti, tutti bravi a dire come si dovrebbe stare al mondo. Gente che detesta i ragazzi, li odia e basta, che siano visibili o invisibili, che stiano in piazzetta oppure rintanati come talpe incollate ai cavi televisivi o telefonici.

È quel terreno pericolosissimo tra la grazia infantile e la disgrazia adulta a seminare il panico urbano, a suscitare incomprensione e rabbia, paura. Perché quella ragazza, Robin, si veste come un barbone, ascolta ritmi preistorici, ha solo amici maschi? Non è un po' troppo *strana*?

Il maestro di ballo ha osservato per un poco quelle mosse da piazzetta di Robin, poi lascia fogli e telecomando su una sedia e batte due volte le mani.

Robin si ferma e lo guarda avvicinarsi attraverso lo specchio che rimanda le immagini di un uomo e di una specie di folletto: quel folletto è lei, confusa e imbarazzata, che sta pensando di aver fatto una figura orrenda e al battere delle mani si è bloccata su un passo, si è raddrizzata scrutando con aria interrogativa il maestro. Ora le è accanto, qualche passo avanti, in modo che lei possa vedere i suoi gesti e copiarli. In uno sguardo, Robin ammira la sua nuca perfetta: la rasatura evidenzia i tendini del collo, la forma rotonda del capo, su cui i capelli creano una lanugine sottilissima e morbida come quella di un cucciolo. Ma gli occhi scuri non sono affatto teneri, le lanciano un'occhiata curiosa, ironica, mentre le chiede: — Pronta? *One, two, three…*

Robin ha annuito, e il maestro attacca una serie di passi

incrociati e giravolte con una scioltezza che a lei pare impressionante: le braccia sembrano incollarsi al busto per poi aprirsi in alto come due enormi foglie, i piedi spiccano saltelli come creature vive, il corpo pare scomporsi e ricomporsi sotto lo scrosciare delle note, che a lei invece piovono addosso impietose sulle spalle in ritardo rispetto ai piedi, e le colpiscono le ginocchia e le mani.

Ma in questa gragnola di note sincopate, Robin non si arrende, prova a stare al passo, imita i gesti, mentre il maestro ripete una sequenza perché lei la memorizzi e la ricostruisca. Al termine di quella serie di passi, le rivolge un gran sorriso e d'improvviso Robin si sente diventare più morbida ed elastica, allora il suo corpo sembra sbloccarsi, reagisce alla musica e allo spazio, come se qualcosa si liberasse dentro di lei e si slanciasse fuori, oltre se stessa, dentro il flusso del ritmo.

Il maestro batte di nuovo le mani e le sorride attraverso lo specchio, prima di staccare la musica e tornare verso la sedia. Sta di nuovo leggendo i fogli, mentre le chiede: — Perché vuoi fare hip-hop?

Robin si porta una mano alla bocca, prende a tormentarsi un labbro con un dito. (*Che domanda! Non è una scuola di ballo, questa?*) Prima che lei trovi una risposta plausibile, l'uomo commenta: — Conosci già dei passi, non sei una principiante. Perché hai messo "primo livello"?

— Ho imparato da sola. — Il maestro rimane in attesa che lei prosegua, ha piegato un braccio all'altezza dello stomaco, l'altro lo ha poggiato sopra, la mano che sembra sostenere il viso atteggiato a un'espressione assorta. Robin si sente arrossire, mentre rivela prima di tutto a se stessa: — Voglio imparare a ballare meglio.

Lui non commenta, rimane qualche istante a osservarla, sempre in quell'atteggiamento attento, poi stacca la mano dal viso, segno che l'esame è finito. — Mi chiamo David, sono il tuo insegnante. — Le indirizza un ultimo sorriso: — La stoffa ce l'hai.

Un luccichio sul lobo sinistro rivela un brillantino incastonato. Robin pensa che vorrebbe averne uno così anche lei.

Aldo è seduto su una sedia nella sala d'ingresso con lo sguardo un po' sperso. Impiega qualche secondo prima di vedere Robin che esce dalla sala con l'espressione trionfante.

— È andata!

— Cosa? — Il nonno sembra cadere da un punto lontanissimo in cui stava meditando.

Robin sbuffa e lo scuote per un braccio: — L'audizione! Il maestro ha detto che ho la stoffa! Mi ha messo al livello avanzato anche se non ho mai fatto nulla. — D'un tratto si acciglia, preoccupata: — Nonno, che c'è?

Aldo ha l'aria innaturale, come fosse stato appena risvegliato da un torpore improvviso. — Nulla, che stavi dicendo? Scusa, aspetta, aspetta un secondo. — Chiude gli occhi e fa un respiro profondo.

— Nonno, ti senti male? — Robin ha un'espressione terrorizzata.

— Macché. — Aldo riapre gli occhi e sembra tornato in sé. — Sto benissimo. Sai, ho visto la nonna.

Robin lo fissa sconcertata, mentre lui sorride: — Non

sono diventato matto, lo giuro. Ho visto la nonna proprio lì, sulla parete di fronte.

Lei si volta da quella parte, anche se sa benissimo che non c'è nessuna nonna, lì.

— L'ho vista com'era da giovane, con il vestito a fiori rossi di quando andavamo a ballare.

— Come sarebbe a dire che l'hai vista? — Robin si sforza di dare un tono naturale alla voce, ma è così preoccupata che si morde le labbra con forza.

— Era lì, mi sorrideva. Portava i capelli sciolti sulle spalle, con il cerchietto sopra la fronte. C'era quella canzone dei Nomadi, come faceva, aspetta…

Robin non conosce preghiere, ma si appella disperatamente al cielo, che qualcuno faccia subito smettere suo nonno di canticchiare.

La segreteria della scuola è popolata di madri che accompagnano bambine in calzamaglia rosa e ragazze con i capelli raccolti sulla sommità della testa, c'è un gran cicaleccio, e forse quel mugolio del nonno passa in second'ordine. Del resto Robin lo sta tirando per una manica fuori dalla scuola (*non ho ancora iniziato a frequentare e già la mia famiglia si fa riconoscere per stranezza*) e lo spinge letteralmente dentro il bar di fronte.

— Come va? È passata? — gli chiede mentre lui beve un caffè.

— Purtroppo sì.

Robin vorrebbe buttar fuori tutta l'aria che le preme nei polmoni con un gran sospiro, ma il nonno si preoccuperebbe. Perciò si limita a emettere un fischio. — Per fortuna è andata — dice.

— Avevi dubbi? — Aldo le passa un braccio sulle spalle e la stringe a sé, di lato. — Il mio passerotto!

Quando lui l'abbraccia in questo modo, Robin si sente proprio un uccellino sparuto, tutto ossicini che si stringono sotto la pressa del nonno che è così robusto e alto. Malgrado lei sia cresciuta, Aldo le appare sempre il gigante che era ai suoi occhi da piccola. Naturalmente Robin odia essere chiamata passerotto, soprattutto in mezzo alla gente. Si scosta in modo brusco, sistemando il berretto che le è scivolato di sbieco. La tesa deve stare dietro, sopra la nuca.

— Io non te l'ho mai raccontato, ma noi due eravamo dei veri ballerini, sai — sta dicendo il nonno che si è completamente ripreso, almeno a giudicare dalla chiacchiera che è tornata quella di sempre. — Ci piaceva da matti andare nelle balere, il sabato sera, a esibirci.

— Chi, tu e nonna?

— Ma certo, di chi vuoi che parli, di tuo papà? Quello è un altro mondo, anche se in effetti pure lui ha conosciuto tua mamma in discoteca. Siamo tutti degli appassionati, vedi?

"Pare di sì" pensa Robin ironicamente, mentre suo nonno va avanti come un treno: — Non era mica facile, sai, ballare alla mia epoca. C'erano ragazze legnose come tronchi d'ulivo, poi c'erano quelle tutte agitate, che ti veniva voglia di dargli il bromuro. Invece tua nonna era perfetta, dritta come un fuso ma leggera come una piuma, e poi aveva una scioltezza in quei piedi!

A Robin scappa una piccola risata: i suoi nonni, allacciati nel ballo! Come quelli che si vedono nelle gare in televisione, tutti seri e impettiti, vestiti come in maschera. Mentre suo nonno evoca la memoria, Robin in quei ricordi si perde, e sul suo viso si dipinge l'espressione svagata che poco prima aveva lui, quando sulla parete della scuola gli è apparsa nonna, come una specie di Vergine Maria.

— Ci siamo conosciuti anche noi in una balera, sai. Lei ci andava tutti i sabati pomeriggio con le amiche, io invece ci sono capitato per caso, mi hanno trascinato lì dei cugini, mi pare. L'ho vista subito, la Miretta, con quel vestito color pesca. Allora, sai, era molto diverso da adesso, che subito vi date del tu. Io mi sono avvicinato e le ho chiesto: «Signorina, posso avere l'onore di un ballo?»

Robin si scuote, ride di nuovo, incredula: — Sul serio? Le hai detto proprio così?

— Ma certo, vuoi che le dicessi come si fa ora: "Balli?"
— Aldo si incurva, imitando una specie di orso che sballonzola e grugnisce, mentre Robin ride come una matta.
— Per me i ragazzi hanno perso qualcosa, di sicuro la lingua. Non vi salutate, non vi dite neppure come vi chiamate. Arriva una ragazza in un gruppo e rimane lì come un pesce lesso perché nessuno si prende la briga di presentarla agli altri. Roba da matti.

— Non è sempre così.

— Sarà. A me pare che oggi ci sia più timidezza di una volta. Almeno noi sapevamo come fare: presentarci, invitare una ragazza, fare qualche domanda di cortesia, offrire da bere…

— Oggi lo fanno anche le ragazze. Si va dai ragazzi e si chiede come si chiamano e si invitano a ballare.

— Davvero? — Aldo la guarda sorpreso. — Tu fai così?

Robin spera di essere arrossita solo un po', che il rossore possa essere scambiato per il caldo che fa in quel bar.

— Certo. Che male c'è?

— Niente. Ma quando ti capita?

— Alle feste. Compleanni, cose del genere.

— Già. Alla mia epoca le feste non c'erano, almeno non per quelli come me. Le feste le facevano i signori, io lavoravo. Anche nonna lavorava.

— Lo so. Questa parte della storia la conosco, faceva l'operaia in una camiceria. — Robin ringrazia in cuor suo che l'argomento sia cambiato: non vorrebbe proprio che suo nonno insistesse sul tasto dell'invitare i ragazzi a ballare.

— Cuciva da dio: se li faceva lei i vestiti del ballo, sai. Guardava i modelli sulle riviste e poi, tacche tacche con quella macchinetta, se li cuciva a pennello. Aveva sempre dei vestiti nuovi come una signora, la Miretta. Le amiche le chiedevano come facesse, e lei zitta, mica lo raccontava che se ne stava alzata fino a tardi per cucirsi l'abito.

— Come fai a sapere tutte queste cose?

Aldo la guarda stupito: — Sono suo marito, no? Ne abbiamo avuto di tempo per raccontarci i nostri segreti.

Robin sembra percorsa da un pensiero improvviso: — Se nonna non fosse stata una brava ballerina, non l'avresti sposata?

— Chissà. Io ho pensato di sposarla appena ci siamo messi a ballare. Mi sono detto che quella era la ragazza che faceva per me.

— E glielo hai detto?

— Non subito. — Aldo tira su le dita come se contasse: — Prima le ho chiesto se potevamo rivederci, poi le ho chiesto se potevamo uscire qualche volta insieme, e dopo se ci potevamo fidanzare... — Strizza un occhio.

— Come vedi, mi è andata bene.

È in questo preciso istante, in cui suo nonno ha smesso di parlare, che Robin ha l'esatta percezione di come soffra per la mancanza di sua moglie. Lo ha sempre visto impegnato in qualcosa – lavoretti di ogni genere in casa loro e in casa d'altri, a cena con gli amici, da quel vecchio compagno o da certi ragazzi (quasi sempre chiama i suoi amici ragazzi, anche se hanno tutti sessant'anni suonati), in gita a cercare funghi o a mangiare il pesce o a dare una mano a qualcuno – e non dà mai l'idea di sentirsi solo.

Ma ora, dopo quella specie di fiaba che le ha raccontato, Robin avverte tutto il vuoto che Aldo prova a riempire con gli eterni ricordi, e come quei ricordi siano diventati bellissimi, irripetibili, come la vita del nonno sia divenuta uno splendido film da proiettarsi in silenzio, in solitudine.

Forse Robin dovrebbe parlarne con suo padre (*parlarne? Parliamo, io e Massimo?*), dirgli che Aldo è triste anche se scherza su tutto, se appare gioviale e allegro e pieno di energia. Forse sarebbe meglio rivelargli che vede sua moglie da giovane stampata sui muri come fosse una pubblicità, ma probabilmente suo padre la guarderebbe con scetticismo se non con ostilità, presumerebbe altri problemi oltre quelli che ha già con il lavoro, con "quelli" che non gli danno tregua (quelli sono i suoi capi: Massimo ne parla sempre come di un'entità astratta, come fossero dèi avidi, insaziabili).

In fondo, di fantasie ne ha anche Robin, di sogni a occhi aperti, visioni. Sono esattamente le cose per cui i professori la accusano di distrazione: forse, crescendo, ci si specializza e alle fantasie si dà semplicemente un altro nome. Progetti, per esempio. Memoria. Aspirazioni. Nostalgia. Cambiamento.

CHANGEMENT

1

Si stanno guardando intorno, Robin e Maicol, fingendo l'aria indifferente di quelli che conoscono benissimo il posto, quell'Ocuspocus Village tanto pubblicizzato sui manifesti.

DIECI CINEMA! SALE VIDEOGIOCHI!
REALTÀ VIRTUALE! EFFETTI SPECIALI!

Loro sembrano due ragazzini che hanno perso i genitori, sono lì per la prima volta, spaesati come due extraterrestri provinciali appena sbarcati da un viaggio intergalattico che li ha fatti piovere in mezzo a un torrente in piena di gente e rumore, luci multicolori, musiche e un rombo confuso di risate, grida, richiami, chiacchiere.

Questo paese del divertimento multimediale è a poca distanza dal condominio dove vivono Robin e Maicol, pressoché un satellite del loro pianeta periferia, ma fino a oggi i ragazzi si sono diretti piuttosto al centro commerciale, vero cuore del pianeta, dove quelli come loro stanno per lungo tempo ad ascoltare la musica in cuffia dentro i reparti discografici, oppure seduti sulle panchine di una piazza che imita quelle all'aria aperta delle città, con tanto di fontana e alberi che stormiscono coraggiosamente tra la musica diffusa da casse invisibili.

Qui, invece, sembra di essere in un immenso videogioco dove si può scegliere in quale livello passare: giochi virtuali o film d'azione proiettati nelle dieci sale, oppure giochi tradizionali come il bowling e lo squash.

Robin e Maicol hanno appuntamento con gli altri del gruppo, Gipo e Bongus che, per il momento, non si vedono, anche se in mezzo a quella folla è abbastanza difficile individuare qualcuno.

Nessuno dei due è sufficientemente alto da svettare in quella massa indistinta di persone che appaiono enormi per tutta la roba che hanno addosso e che espande il corpo oltre misura: piumini e giubbotti si gonfiano a ogni passo, cappelli di pelliccia e sciarpe raddoppiano colli e teste, gli zaini sulle spalle fanno da paraurti, le scarpe lunghissime hanno punte come coltelli. Sembrano tutti imbottiti in un equipaggiamento d'assalto, pronti a ricacciare indietro i piccoli alieni Robin e Maicol, con quei loro berretti di cotone e i jeans che straboccano a terra, verso il loro catacombale pianeta fatto di palazzi dalle facciate immote, silenziose, la cui vita interna è segnalata dalle centinaia di finestre illuminate o che riverberano le luci azzurrate dello schermo televisivo.

Per ripararsi dall'ondata dei frequentatori del Village, i due giovani alieni scelgono di appartarsi in un angolo da cui possono controllare le entrate, lanciando ogni tanto un'occhiata al cellulare di Maicol, nel caso Gipo avesse mandato un messaggio. Robin allunga il collo il più possibile, imprecando: perché Gipo è in ritardo? Il film comincerà tra pochi minuti, la gente si accalca all'entrata e loro rischiano di rimanere fuori.

Sta indirizzando l'ennesima parolaccia ai ritardatari, quando si accorge che Maicol non l'ascolta, tutto preso dalla visione di qualcosa di fronte a lui. Robin mette a fuoco la visuale e osserva le tre ragazze che hanno catturato l'attenzione del suo amico: sono appollaiate su un gradino, tutte con l'orecchio incollato al proprio cellulare. Hanno più o meno l'età di Robin e lanciano intorno occhiate e vaghe risatine, mentre ascoltano chissà quale voce o musica o messaggio in codice dalla lontana Galassia direttamente nei loro cellulari.

Maicol decide di rompere il silenzio: — Potremmo anche cambiare programma.

— Stai scherzando? Niente film? — Robin si acciglia, fissandolo, ma lui non è granché colpito dalla severità di quell'occhiata.

Una delle ragazze su cui si è calamitato lo sguardo di Maicol sembra che abbia finito di ascoltare il cellulare perché lo infila in una microborsa appesa a un polso.

Se c'è una cosa che Robin detesta di tutto cuore sono quelle borsette da bamboline e quei capelli così finti, una specie di arcobaleno sui toni giallo-arancio. Vorrebbe tanto avere tra le mani un bel bicchiere di acqua gelata per gettarlo in faccia al suo amico e far sparire il suo sguardo ipnotizzato, vorrebbe urlargli di smetterla di puntare come un cane affamato l'esca gialla, ma proprio in quel momento la larva decide di liberarsi dal suo guscio, aprendo lo zip del lunghissimo piumino nero e rivelando un vestitino luccicante e molto stretto. (*Ma che fa Bongus, accidenti?*)

— Siete sole? — sta domandando Maicol che, spronato dalla visione dell'abitino, ha guadato il fiume di gente per piazzarsi accanto alle ragazze.

Robin lo ha seguito solo per non perderlo di vista, caso mai nel frattempo arrivassero Gipo e Bongus. La ragazza sembra non aspettasse altro: annuisce ridendo e dà una pacca all'amica con il cellulare tuttora attaccato all'orecchio.

— Che fate? Andate al cinema? — insiste Maicol. Robin è stupefatta dalla spavalderia dell'amico: non lo avrebbe mai immaginato così intraprendente con delle sconosciute. Del resto lo ha sempre visto in piazzetta ad ascoltare la musica, a osare tuffi da break dance: probabilmente è uno di quei tipi che sanno attaccare discorso, che riescono a conquistare le ragazze. Non ne ha idea. Nel gruppo è considerata una specie di maschio, nessuno si preoccupa, davanti a lei, di modificare il linguaggio, di essere simpatico o carino o migliore di quel che è. Robin è molto orgogliosa di questa confidenza, di questo trattamento alla pari: lei non è una bamboccia con i capelli tinti, il lucidalabbra e le borsette da oca.

Ed ecco invece che lì di fronte si sta esibendo l'esemplare tipico di smorfiosa accalappiagonzi che, sciorinando ammiccamento, risatina e vocetta nasale, dice: — Al cinema? Noooo.

La sua amica ha finito di ascoltare il telefonino e scuote la chioma che manda bagliori, malgrado i suoi capelli siano scuri; dev'essere l'effetto delle luci che si riverberano sulla sala. Anche lei indossa una lunga giacca gonfia che si affloscia appena apre il lungo zip per mostrare una maglietta cortissima e aderente, su cui si incollano gli sguardi di Maicol, impressionato, e di Robin, decisamente stizzito.

La bionda arancio si alza dal gradino, buttando in fuori la pancia, e gli occhi si spostano subito sul suo piercing all'ombelico. Fa un cenno verso la sala giochi alle sue spalle: — Andiamo di qua.

La sua amica scoppia a ridere, si alza e le passa una mano sulle spalle, la terza è ancora appiccicata al cellulare, ma si solleva pigramente, come se non potesse fare a meno di seguirle. A questo punto Robin si sente in dovere di intervenire: — Stiamo aspettando degli amici — dice.

Le due si guardano, scoppiano di nuovo a ridere.

— Ma sei una ragazza! — commenta la tizia dalla voce nasale, piena di sorpresa.

— Certo che sono una ragazza. Non ci vedi bene? — Robin sente montarle l'ira sotto forma di rossore diffuso, e quel calore al viso la fa arrabbiare ancora di più, perché potrebbe essere scambiato per la vergogna di essere stata confusa per un maschio. E poi quelle due ridono simultaneamente, come forsennate, come se avessero visto chissà quale spettacolo divertente, così la rabbia di Robin sta per traboccare in qualcosa che potrebbe essere un insulto o un grido, quando alle sue spalle si materializzano Gipo e Bongus. Giusto in tempo.

— Ehi, ci siete! — esclama Maicol euforico, orgoglioso di mostrare agli amici le prede che è riuscito ad acchiappare al volo.

Robin tace, scura in volto, fissando un punto a terra. Le ragazze hanno smesso di ridere e soppesano i nuovi arrivati: il gigantesco Bongus e il sottile Gipo. Hanno l'aria di non essere del tutto soddisfatte di queste conquiste, tre ragazzi che sembrano messi insieme per il gioco degli opposti: Bongus alto e grosso, Maicol piccolo e magro, Gipo alto e magrissimo. E poi c'è quella ragazza ingrugnita, camuffata come uno del gruppo, decisamente di troppo.

La bionda dalla voce nasale si sta arricciando una ciocca intorno all'indice, l'altro braccio appoggiato sulle spalle dell'amica, il busto arcuato in avanti. Fa uscire una sola parola: — Allora?

I nuovi arrivati sono rimasti muti, imbarazzati, sorpresi: l'ultima cosa al mondo che si sarebbero aspettati era trovarsi di fronte delle ragazze in attesa delle loro decisioni. Perché anche la terza amica, finora assorta nell'ascolto del cellulare, guarda interrogativa il gruppetto, aspettando una rivelazione, una svolta eccitante nel pomeriggio che era partito in modo annoiato in mezzo a una folla di famigliole assiepate alle entrate dei due film a cartoni animati, alla ricerca di qualche apparizione non scontata. L'apparizione è questo terzetto mal assortito, e le tre ragazze, separatamente ma all'unisono, pensano che alla fin fine sia meglio che niente.

— Che facciamo? — azzarda Gipo, rompendo il mutismo.

Maicol sembra galvanizzato dallo sguardo attento della bionda, dai sorrisi delle altre due, e quasi grida: — Cambiamento di programma. Andiamo in sala giochi.

Robin ha un sussulto, sembra risvegliarsi d'un tratto dall'assorbimento interiore, si volta verso Maicol: — Scherzi? Ho i biglietti, li ho prenotati ieri.

— Ci andiamo un'altra volta — dice lui, perentorio, come un ufficiale che si rivolge a un subordinato. È la prima volta che parla in questo modo secco a Robin, e lei rimane quasi senza fiato.

Del resto Maicol è preso dall'ansia: la bionda e la bruna di fronte a lui hanno iniziato a dirsi qualcosa in un orecchio, e questo, per uno che ha appena attaccato bottone, è un brutto segno: le ragazze potrebbero andarsene da un momento all'altro.

Bongus e Gipo hanno capito al volo la situazione e si stanno schierando con Maicol, diventato d'un tratto il leader del loro gruppetto che finora ha sempre avuto la caratteristica di un piccolissimo gruppo dove nessuno comanda. E forse per quest'improvviso sbilanciamento, Robin si sente già tagliata fuori e fa quello che non farebbe mai. Comincia a lamentarsi: — Non ho capito, io faccio i biglietti per tutti e poi tu decidi che non andiamo al cinema, è come buttar via i soldi, cioè io non ho ancora pagato, ma c'è la prenotazione...

Le tre ragazze, invece, hanno capito perfettamente che la bilancia si è vistosamente piegata in loro favore e voltano le schiene, dirigendosi verso le entrate della sala giochi.

— Tappati la bocca — le ordina Maicol, che sta già seguendo la scia delle ragazze, saldamente al loro amo.

Bongus è rimasto sospeso, metà corpo accanto a Robin e metà proteso verso il gruppetto che si sta allontanando. Gipo, che ha mosso qualche passo dietro alle ragazze, si volta ammiccando verso l'amico, e nello sguardo sembra passare la frase "lasciala perdere".

Tre secondi e Robin è stata buttata via come uno straccio vecchio, perché non è un maschio da prendere all'amo, e non è una femmina da difendere. Forse Bongus il gigante vorrebbe trascinarla con sé, quell'esitazione sembra preannunciare una pacca sulla spalla, una parola, quando dalla massa indistinta intorno a loro spunta un viso che Robin conosce, un volto molto allegro con una mano aperta, lanciata verso di lei.

— Ciao, Robin! Che fai qui?

— Ciao.

Le sembra si sia creato un cerchio di fuoco intorno a lei e a quel viso noto: Robin non vede più la calca, ma soltanto il gran sorriso di David, il suo insegnante di ballo.

— Anche tu al cinema? Che vai a vedere di bello?

Robin mormora un titolo e David si entusiasma, commentando che è un film strepitoso, non deve proprio perderlo. Accanto a lui, un uomo giovane e dall'aria espansiva sta annuendo con grande convinzione. David china leggermente la testa verso di lui, mentre la presenta: — Questa è una mia allieva, Robin.

Il tizio allunga una mano e le dice un nome che Robin dimentica subito, perché è sorpresa e confusa, ma soprattutto perché sente su di sé gli occhi di tutti: Bongus lì accanto e poco più in là gli altri che si sono fermati e sembra aspettino qualcosa. In questo frastornamento ammutolisce, come se avesse dimenticato anche la parola più banale.

David lancia un'occhiata penetrante a Bongus, e in un fulmineo, sgradevole pensiero, Robin immagina che lo abbia scambiato per il suo ragazzo, piantato lì come un palo a seguire l'inesistente conversazione.

— Okay, divertiti! — conclude David allegro.

Lei mormora qualcosa che potrebbe essere un "certo".

— Ci vediamo domani — le dice il maestro, allontanandosi tutto un sorriso, il braccio sulle spalle dell'amico.

La scena sembrerebbe finita, ma Bongus commenta con un sorrisetto maligno: — Chi è quella checca?

— Il mio allenatore — borbotta Robin, d'impulso.

— Allenatore di che?

Di colpo, lei si riscuote da quella specie di vertigine che sembrava averla paralizzata, fissa l'amico con ostilità e sbotta: — Magari se vi impicciaste dei fatti vostri sarebbe meglio. — Ha parlato al plurale, a tutto il gruppo che l'ha umiliata. Si fruga freneticamente in tasca: — Tieni questo cavolo di prenotazione, io me ne vado, mi sono già divertita abbastanza.

— Sei fuori di testa — commenta laconicamente Bongus, con in mano i foglietti.

Allora Robin si piazza proprio sotto il suo mento, e pensa che se soltanto fosse un po' più alta e robusta, non esiterebbe a tirare un cazzotto su quell'espressione vuota. Da quella posizione d'inferiorità, sibila, furiosa: — Non è una checca. Chiaro?

Le sembra che quella parola abbia offeso lei, l'abbia ferita in modo tale da dover reagire almeno con tutta la violenza verbale di cui è capace, così grida all'amico: — Sei solo uno scimmione! Una bestia!

— Ma che ti prende, ehi... — L'altro indietreggia, le braccia allargate in un gesto di resa.

Ma Robin scatenata gli urla che è una fogna e che ha il cervello in pappa, che non capisce niente, perché lui, il gorilla Bongus, non ha mai visto una sola cosa bella in vita sua. Gli occhi le si riempiono di lacrime di rabbia e di commozione, mentre parla di bellezza, perché la sua mente evoca il movimento plastico e pulito di David, la sua fantastica capacità di creare danza da un semplice gesto, da una mano che sale verso l'alto e poi ricade, mentre la testa ruota dall'altra parte, la spalla si protende, e tutto il suo corpo schizza come una freccia, si arcua in avanti, si tende all'indietro, si solleva appena e si piega verso il basso, per rimbalzare da terra come se fosse una forma elastica senza peso.

In quest'attimo in cui fronteggia Bongus e lo insulta, la mente le restituisce contemporaneamente quella sensazione meravigliosa di essere accanto a un vero ballerino, l'emozione che non è paragonabile all'assistere a un balletto in televisione o al tentativo di copiare qualche passo delle boy band. Solo nell'esaltante confronto con David, Robin si sente percorrere da un'energia che sprigiona da se stessa; allora le è impossibile restare ferma perché avverte la corrente dentro il suo corpo che vuole liberarsi, unirsi a quell'energia e crescere, come una lingua di fuoco che corre verso un unico grande falò, per alzarsi fino al cielo, e scoppiare.

Lui, David, ha detto che per ballare bisogna conoscere la musica, i passi e le parole. — Perché le parole? — ha chiesto un allievo.

— Perché ballando noi parliamo e dobbiamo usare belle frasi, significative, e non frasi fatte, parole brutte e banali.

Come questa: *checca.*

Bongus si è scaldato alla brace della furia di Robin e la torreggia, ribattendo offese alle sue offese, chiamandola pulce e femminuccia, paragonandola a ogni tipo di escremento esistente sulla Terra. Gipo è tornato indietro in fretta, lo sta tirando per un braccio, perché non le metta le mani addosso (in fondo è una ragazza!).

Ma in quell'esatto istante in cui Robin potrebbe prenderlo a calci, proprio allora qualcosa le scatta all'altezza del cuore, un interruttore improvviso che condensa la sua incontenibile rabbia in una precisa scansione ritmica (*one-two-three, three an' four*) e i suoi piedi prendono a muoversi su quel ritmo. *One-two-three*: Robin scalcia l'aria, tuffa le mani in basso, le rialza come se avesse due pistole. *Three an' four*: Robin ha sparato verso Bongus, gli indici aperti, di scatto si volta di lato e scivola all'indietro nel *moonwalk*.

L'altro solleva una mano e inizia a scuoterla in alto e compie alcuni passi pesanti avanti e indietro come se seguisse un rap. Ma non c'è musica, se non quella che scuote Robin e le dà energia: piega le ginocchia, salta, si volta, e infine, liberata, balla quella danza che è il paradigma creativo della lotta, del combattimento in strada tra bande: è stato David a mostrarle come i passi di danza si sostituiscono ai pugni e ai calci, come la sfida sia quella di essere più bravo del tuo avversario, per guadagnarti il rispetto in modo creativo anziché con la forza bruta.

Se chiedesse in giro, lì in quella folla che si è riunita intorno a loro e sta battendo le mani e fischia, chiunque direbbe che è lei la più brava, perché è sorprendente e agile, è un folletto che rotea e ondeggia al ritmo di un rap che ha in testa, e quel rap canta di Robin che difende il suo orgoglio ferito e il rispetto per il maestro, mentre i suoi passi stanno dicendo a tutti che vuole intorno a sé pensieri originali, forti e gentili, anziché stupidi preconcetti. Lei cerca una parola che soffi via la nube nera del risentimento, della mortificazione.

Si è fermata dopo una piroetta, le mani leggermente piegate in alto ricadono sui fianchi, i piedi si uniscono come stretti da una morsa. Solleva il mento e sfida Bongus con lo sguardo, il viso teso sfrontatamente verso di lui: il ragazzo piega gli angoli della bocca all'ingiù, le sopracciglia inarcate in un'espressione che significa stupore e ammirazione. Alza le mani in un gesto di resa, poi le tende la destra.

— Okay. Scusa.

Robin acchiappa la mano. — D'accordo. Scusa anche tu.

— Forte! — grida la ragazza dalla voce nasale, che ha seguito il piccolissimo show.

Sembrava scomparsa, invece è emersa dal piccolo gruppo che si sta già disperdendo. La bionda ride, attanagliata a Maicol. Le altre due, che si sono tolte le imbragature, espongono braccia, fianchi e gambe sull'arena, rabbrividendo.

La ragazza dalla voce nasale è più alta di Robin, probabilmente per via degli stivali dai tacchi vertiginosi, quei tacchi che Robin, è sicura, non indosserà assolutamente mai. Ma ora questa bionda scintillante le pare appannarsi mentre procede cautamente sui suoi stivali ticchettanti, ha l'aria di qualcuno che si vedeva già sul podio e all'ultimo momento si è visto portar via il primo posto. Ha l'accortezza, la bionda dalla voce nasale, di non dare troppa importanza al piccolo trionfo di Robin; dalla sua ha la sicurezza dei tacchi che sembrano ficcarsi nel pavimento lucido, del vestito attillato e del profumo di fiori sintetici che le aleggia intorno, come quello di un'orchidea che attira le mosche. Una – Maicol – è già catturata da tutto quel profondersi di attrattiva femminile, e Robin intuisce che il suo amico è prima di tutto stupito dal fatto di ritrovarsi una ragazza attaccata alle costole senza aver fatto il minimo sforzo.

— Non ci ho capito un accidente — sta dicendo Gipo guardandola allibito. — Perché ti sei messa a ballare?

Robin non gli risponde, si toglie il berretto, china la testa di lato e alza una spalla, con un sorriso enigmatico. Allora tutta la grazia femminile racchiusa in lei, e sempre accuratamente nascosta, scaturisce fuori come un raggio di luce che per pochi istanti la fa brillare. Robin non se ne accorge, neppure lo immagina.

Senza dire una parola, si è già voltata, se ne sta andando.

La mano sta per posarsi sulla maniglia, ma rimane sospesa a mezz'aria. Con la coda dell'occhio, Robin ha intravisto qualcosa passarle accanto, una figura frettolosa diretta verso la porta opposta, una macchia che di fulmineamente distinguibile ha un unico, tenue colore: rosa pesca.

Si volta di scatto, come un guerriero che si senta attaccato alle spalle, ma quella macchia di colore non è alcun predatore, anzi, ha le fattezze delicate di una ragazza in body e calzamaglia, con le spalle e le braccia nude, i capelli scuri raccolti in una crocchia piccola come una noce attaccata sulla nuca.

Il gesto di Robin l'ha sorpresa e la ballerina rosa pesca ha un lieve sobbalzo spaventato; per un istante assume un'espressione allarmata, ma i lineamenti si distendono nel vedere che è una ragazza come lei e come lei è sorpresa e un po' intimidita. Allora lo sguardo agitato si scioglie in un rapidissimo sorriso, prima che tutto quel rosa scompaia dietro la porta. È una frazione di secondo simile all'istante in cui il guerriero sente la freccia trapassarlo da una parte all'altra prima di cadere a terra, colpito a morte.

Robin rimane imbambolata davanti alla porta che dovrebbe aprire, quella dell'aula di hip-hop. Poggia meccanicamente la mano sulla maniglia, il viso ancora voltato verso l'altra stanza, dov'è sparita la ragazza. In un attimo, altre nuvole rosa pallido riempiono l'atrio, le passano accanto, e Robin ha la sensazione intimorita e reverenziale di qualcuno che è finito inopportunamente in un lago di fenicotteri. Non le resta altro che togliere in fretta il disturbo, apre giusto una fessura scivolando come un serpente dentro la sua sala.

Una volta entrata, si sente inspiegabilmente salva. Gli occhi corrono allo specchio di fronte, al suo riflesso in pantaloni mimetici e maglia larghissima, quella testa, la sua, che emerge come un periscopio dai vestiti: quel tipo laggiù è lei.

Che differenza abissale con le damine in rosa, le nuche perfettamente lisce per i capelli raccolti, le schiene dritte come fusi, i costumi aderenti ai torsi magri e le calzamaglie incollate alle gambe lunghissime e sottili. E quella che si è voltata, poi, aveva un piccolo viso di porcellana con grandi occhi nocciola e un sorriso che potrebbe essere dolce e ingenuo oppure falso, ma in questo momento, ripensandoci, per Robin è esattamente il sorriso che puoi aspettarti da una ragazza del genere, una che sta interpretando la parte di un essere leggiadro e purissimo, fuori dal mondo, un alieno rosa pesca. Chissà com'è la sua danza, si sta domandando Robin, al cui turbamento si è sostituito un irritante senso di rivalità, che le fa schernire l'idea della ragazza in posizione sulle punte, con le braccia ad arco sulla testa.

Robin non sa nulla di balletto classico, se non il pochissimo che ha intravisto in televisione: apparizioni di celebri ballerine e brevi sequenze di danzatori in coppie o in gruppo. Quel poco che ha visto le è sembrato artefatto, la presunzione di un'eleganza superba che non rispecchia niente di vero, ma è solo un'idea astratta della bellezza. Per non parlare della musica, che strazio! Così antica, drammatica e sentimentale, quanto basta a Robin per detestare un'arte che vuole sopravvivere a se stessa come una mummia che non sa di essere tale, e si aggira tra i vivi con il suo fiato gelato da oltretomba.

Galvanizzata dal confronto carico di astio con il mondo roseo delle fenicottere, Robin è ansiosa di iniziare la lezione, di muovere il corpo dentro l'autentico ritmo del presente. (*Questo sì che è vero!*)

Si sta scaldando con gli esercizi di allungamento del collo, i piegamenti sulle ginocchia, la rotazione delle spalle e delle braccia. Intanto nella sala stanno entrando gli altri allievi: hanno età varie, ma tutti sono più grandi di Robin e indossano completi vari, da strada o da palestra, maglie e jeans larghi oppure tute da ginnastica. L'unica caratteristica comune sono le scarpe da basket, abbastanza enormi.

Alcuni ragazzi si conoscono, parlano tra loro; Robin non ha ancora legato con nessuno e scambia solo qualche cenno di saluto. Ognuno controlla la propria immagine allo specchio, scaldando i muscoli o semplicemente rimanendo fermo in piedi, le braccia conserte, in attesa che arrivi l'insegnante.

Come al solito, David entra da una porticina laterale, salutando tutti con un gran sorriso e si mette al centro del gruppo, davanti allo specchio. Prima di iniziare la lezione fa circolare lo sguardo per controllare che gli allievi siano concentrati, poi allunga il braccio destro che impugna il telecomando e tocca il tasto d'avvio. Un gesto che è ormai un rituale, come lo starter che spara in alto per far partire gli atleti, ma qui gli occhi sono puntati sul maestro e sui suoi movimenti, le orecchie tese ai suoi ordini urlati sopra la musica.

Robin si sente sollevata da quell'avvio, che attendeva con eccitazione. Finalmente! Ora sì, ballando, ha la sensazione di prendersi una rivincita sulle fenicottere che l'hanno messa così a disagio, come fosse un'anatra spaurita. Ecco, sta aprendo le ali striate e mostra che sa volare altrettanto in alto degli eleganti uccelli rosa. Sulla lastra trasparente dello specchio il suo corpo appare elastico e vibrante, un pennello che forma lunghe strisce nei passi distesi e picchiettature con i saltelli. Su quello schermo lucido, Robin sta dipingendo una sequenza animata. Per la prima volta, la coreografia di David le sembra qualcosa di significativo, che va oltre il semplice divertimento, il piacere di muoversi a tempo.

Questa danza sembra pensata sopra un'invisibile linea insuperabile, una linea ardente o elastica, che ti respinge e ti fa vacillare. La sfida è quella di non cadere, ma rimbalzare, piegarsi, lasciarsi avvolgere dalla spirale, infine girare in tondo, velocissima, come una trottola, i piedi in aria, le spalle a terra. Una capriola da gatto e Robin è di nuovo in piedi, ansante, davanti allo specchio.

— Molto bene, Robin — le dice il maestro, alla fine della lezione.

— David... — Lei abbassa gli occhi, non ha il coraggio di continuare.

Gli altri si allontanano verso gli spogliatoi, l'insegnante sta riponendo i CD e di fronte a quell'esitazione ripete: — Sei stata brava, hai capito i passi.

Robin prende sicurezza, rialza lo sguardo. — Dici? Io credo di aver capito, io pensavo a una linea che ti tiene di qua... che provi a superare...

David annuisce, gli occhi si accendono di curiosità. — È un'idea che in effetti ho avuto.

Il viso di Robin si illumina d'entusiasmo, le parole le sgorgano come un fiotto dalla bocca: — Tu non ci dici cosa vogliono dire questi balli, ma significano qualcosa, vero? Cioè, non è solo divertimento.

— Direi di no. — David le rivolge uno sguardo benevolo, mentre abbassa un po' la voce come se rivelasse un segreto: — È importante avere una visione che dia un senso al movimento. Sì, noi ci divertiamo, ma non siamo in discoteca. Impariamo a esprimere qualcosa, a comunicare. È questa la differenza, la linea da passare: ballare per me solo o ballare per dire qualcosa.

Ballare per dire qualcosa! Robin rimugina queste parole grattandosi la nuca. David è uscito dalla porticina segreta, a lei non resta che passare per lo spogliatoio a prendersi lo zaino. Non deve cambiarsi, di solito si infila una felpa sopra la maglia e il giubbotto. Farsi la doccia lì? Il pensiero non la sfiora neppure. È già abbastanza imbarazzante entrare nello spogliatoio e dirigersi verso l'armadietto in mezzo alle ragazze che, mezzo nude o completamente nude, scherzano e chiacchierano, gettano la roba umida di sudore nelle sacche, s'infilano le infradito di gomma e ciabattano verso le docce. Riappaiono dopo pochi minuti, parzialmente avvolte negli asciugamani, e di nuovo nude si strofinano, appallottolano o piegano il telo bagnato, l'aria assente di chi sta svolgendo un lavoro meccanico. E mentre Robin si è già intabarrata nel suo giubbotto, calcando il berretto sulla testa, con la coda dell'occhio scorge quella accanto a lei che svita il tappo della crema idratante e se ne versa una certa quantità sul palmo, per poi spalmarla su tutto il corpo.

Spesso capita che Robin entri nello spogliatoio mentre le ragazze della lezione precedente stanno finendo di rivestirsi, dopo le abluzioni e le creme, i deodoranti, il phon. Lei si gira subito verso l'armadietto, armeggiando con le sue cose come se fosse impegnatissima a sistemarle sui ripiani.

Una volta avrebbe addirittura voluto sprofondare, o magari passare da lì in un'altra dimensione come in un film. Perché era impossibile evitare la visione della tizia che, in mezzo alla stanza, stava china sul piede poggiato sulla panca, carezzando con movimenti lenti la pelle dalla caviglia fin su per le cosce, la pancia, i seni.

Ora invece un senso inesprimibile di attrazione e imbarazzo la fa indugiare. Sovrappensiero, sbaglia direzione e anziché uscire dalla solita porta ne apre un'altra.

È l'aula dove sono entrati i fenicotteri un'ora fa. Le ragazze sono ancora impegnate nella lezione di danza: in piedi, le braccia tonde sopra la testa, stanno saltando a gambe larghe come rosee cavallette. Il parquet risuona cupamente sotto i loro rimbalzi, come un enorme tamburo colpito da più mani. Sul fondo della sala, una donna vestita di nero è seduta su un trespolo e grida parole francesi incomprensibili.

Robin resta attonita, finché la musica di sottofondo non cessa di colpo e con questa il saltellare delle ballerine.

— Sì? — le urla la maestra, dal fondo della stanza. — Desideri qualcosa?

Una decina di teste si voltano a guardare chi è l'intruso. Robin farfuglia: — Mi scusi, ho sbagliato sala...

Prima di girare la schiena e scappare, il suo sguardo si posa su qualcuno che, come lei, pare una nota stonata nel roseo gruppo delle ballerine: è un ragazzo in pantaloncini neri e maglietta bianca, impettito, le braccia arcuate sopra la testa e le punte dei piedi in fuori, come le ragazze. Un airone in mezzo alle fenicottere che le scocca una lunga occhiata e un sorriso partecipe, come se le dicesse che ha capito benissimo perché è lì, perché ha aperto la porta.

Robin prende il suo zaino in fretta e furia negli spogliatoi ed esce di volata. Per poco non sbatte contro al ragazzo di prima che la saluta come fossero già intimi: — Ehi, ciao.

Robin abbassa la testa, borbottando: — Ciao.

Per lei la conversazione potrebbe chiudersi qui, ma il ragazzo le resta alle costole. La trattiene posandole leggermente una mano su un braccio: — Sei quello che ha sbagliato aula.

— *Quella* — lo corregge Robin. Alza il viso e lo fissa direttamente negli occhi, uno sguardo di sfida.

Il ragazzo ha sollevato le sopracciglia, sorpreso: — Scusa, ti avevo preso... no, lascia perdere. — Alza una mano in aria e scoppia a ridere.

Robin scrolla le spalle come se non avesse importanza. Ora, forse, quel tipo invadente la lascerà in pace, ma lui sembra di tutt'altra idea. Infatti cambia repentinamente tono di voce e solleva gli occhi al cielo: — Hai sconvolto *mademoiselle*... — Di colpo il viso assume l'espressione stizzita della maestra di ballo, quella che si è rivolta a Robin in tono autoritario, prima. Lei non può fare a meno di ridere e lui ne approfitta per chiederle: — Tu cosa fai qui? Danza moderna?

— Hip-hop. — Robin si sistema nervosamente lo zaino, pronta a fuggire. Ma il tizio si è messo di spalle all'uscita: per passare dovrebbe spingerlo da parte o scavalcarlo. Il che non è fattibile, anche se è piuttosto mingherlino.

— Ah, giusto. Si vede — sorride lui.

Non è un'osservazione ironica, ma Robin reagisce bruscamente: — In che senso si vede?

Il ragazzo non sembra per nulla intimorito da quel tono aggressivo. Muove la mano giù e su, con l'indice puntato verso di lei: — Dall'abbigliamento.

— E tu, allora, che fai vestito da bagnino? Lezioni di tuffi?

Lui rovescia un po' indietro la testa per ridere, come se Robin gli avesse raccontato una barzelletta gustosa. Poi risponde dando per scontato che la ragazza sappia benissimo che cosa faccia: — Mi sto prendendo una pausa. Le nostre lezioni sono sfibranti, andiamo avanti tre ore.

Sfibranti! Robin non ha mai sentito uno della sua età usare parole del genere: ma da dove arriva questo tizio, che vuole da lei? Dalla tasca del giubbotto Robin estrae il berretto da baseball e se lo calca sulla testa, girando la visiera sulla nuca. Così facendo china lo sguardo, che le cade giusto sui piedi del ragazzo, calzati in un paio di morbide scarpette bianche come quelle che indossano le ragazze.

— E tu porti quella roba lì? — Il tono è scandalizzato, ma l'altro semplicemente solleva un piede in avanti, la gamba tesa. I muscoli della coscia si gonfiano, il piede si arcua, la punta allungata in fuori.

— Con che cos'altro dovrei ballare, scusa? — Il suo modo di parlare è calmo, come spiegasse una semplice ovvietà.

— Con quelle che hai tu indosso non fai neppure un *dégagé*.

— Un... che? — Robin sta esaurendo tutta la sua pazienza, è pronta a spingere da parte quel seccatore borioso, ma non è neppure borioso, perché sta già minimizzando ciò che le ha detto: — Lascia perdere, è un termine tecnico, la danza classica è tutta espressa da parole francesi. — Pronuncia l'ultima frase imitando l'accento francese, e di nuovo Robin ride, suo malgrado.

— Devo andare — dice il tizio, scoccando un'occhiata all'orologio appeso sopra la scrivania della segreteria. — Tra due minuti ricominciamo le prove.

— Che prove?

— La coreografia di un *lied* di Strauss.

Finalmente si sposta, e Robin può avviarsi all'uscita.

— Noi facciamo una coreografia sul sound di Prince — dice, voltandosi prima di uscire.

— Chi? — fa il ragazzo, ma la porta si sta già richiudendo.

A casa, Robin ripassa la lezione di ballo.

È sola, suo padre tornerà giusto per cena; nonno dev'essere andato a fare la spesa.

La musica si diffonde in variazioni scroscianti di note che sembrano insinuarsi dappertutto, fino negli angoli più nascosti della sua stanza. I muri stessi vibrano di pulsazioni come un organismo vivo, palpitante, in cui Robin si sente avvolta mentre gira per la stanza, solitaria come un piccolo calabrone in un giardino.

La musica bisogna ascoltarla a volume altissimo, non c'è paragone, anche se tra poco qualcuno accanto suonerà il campanello o chiamerà al telefono per chiedere se questo è un manicomio. Come le piacerebbe vivere in un posto lontanissimo da vicini e curiosi, isolato, dove poter portare i decibel a picchi vertiginosi. Invece, ecco, è arrivato subito il maledetto squillo ammonitore. Lei sbuffa, e non fa neanche la fatica di alzare il ricevitore del telefono: basta abbassare il volume perché lo squillo s'interrompa come per magia.

Robin si lascia cadere pesantemente sulla sedia, accende il computer. Non che abbia molta voglia di fare qualcosa di preciso, ma ormai è quasi una specie di abitudine, quella di accendere il computer. È l'unico oggetto in cui nessuno può ficcare il naso perché ha messo una password in entrata, e qui dentro scrive il suo diario, un vero e proprio libretto, con tanto di pagine che si voltano: "Le diavolerie di oggi" direbbe suo nonno.

Ormai le è più facile scrivere sulla tastiera che con la penna, dev'essere per questo che a scuola si accascia letteralmente sui componimenti da stendere a mano, si macchia le dita d'inchiostro come un antico scribacchino alle prese con penna d'oca e calamaio, e quel che è peggio, anche se impiega ore e ore a rimuginare, non riesce a formula-

re un pensiero in modo semplice, pulito. Le vengono certe frasi involute, usa parole che non le verrebbero mai in
mente, persino i suoi pensieri risultano falsi, esagerati o
rabberciati, di certo non quelli veri che riporta in fretta e
con tanta facilità sul suo diario, ticchettando veloce come
un picchio sulla tastiera.

Oggi, per esempio, scrive che ha conosciuto uno strano
esemplare di spocchioso, deve stare attenta perché di sicuro quella scuola è piena zeppa di individui così. Anzi, tutto sommato lo spocchioso è stato anche umano, perché le
ha parlato. (*Era convinto che fossi un maschio, e come c'è rimasto di sale a scoprire che sono una ragazza!*) Che dire infatti dell'immensa altezzosità delle ballerine classiche, tutte
in costume rosa, magre come chiodi, il naso all'insù? Proprio una le è passata accanto e... Robin si ferma.

Non riesce a scrivere che la ragazza è stata antipatica o
superba, perché le ha sorriso in un modo tale da lasciar-
le impressa una traccia indelebile di tenerezza. È per ri-
vederla che Robin ha aperto la porta dell'aula, ha incro-
ciato lo sguardo dello spocchioso. Non può continuare
per il timore di mentire a se stessa: c'è qualcosa che non
riesce proprio a confessarsi, ma si focalizza nell'immagine di una nuca perfetta che poi si volta verso di lei, rivelando quegli occhi nocciola da cucciolo spaventato e un
sorriso di sollievo e di complicità.

Robin chiude il diario con la sensazione di tradirlo, quel
pezzetto di se stessa, e per distrarsi va a controllare i messaggi nella posta elettronica.

Si acciglia: c'è una lettera di Shane.

Un tempo si sarebbe precipitata a leggerla, ma ora sbuffa, e il cursore indugia sull'avviso di messaggio con la tentazione di cancellarlo senza neppure averlo aperto. Sa già come inizia (ciao Robin) e può immaginarsi grosso modo il contenuto, il solito resoconto delle imprese di sua madre e della sua associazione in questo mondo disgraziato. Robin decide di darle ancora una possibilità (*okay, mamy, vediamo cosa mi scrivi stavolta*).

Pare che sua madre abbia intuito che questa sarebbe stata l'ultima occasione di essere presa in considerazione da lei, perché il suo tono è molto diverso dal solito, e persino l'inizio della lettera è più affettuoso: mia cara Robin (*mia cara?*), ti scrivo dopo essere stata in un tempio buddista (*un tempio? Shane è diventata religiosa?*)…

Robin scorre in fretta la lettera, senza soffermarsi in particolare su niente, come se desse una scorsa a un messaggio senza molta importanza. Arriva subito alla fine, dove sua madre l'abbraccia con amore, come al solito. Ma stavolta la parola amore è un po' dappertutto in questo scritto che Shane deve aver buttato giù sotto i fumi di qualche bevanda ipnotica, perché parla di spiritualità e di visioni, di anima e quant'altro, con termini sconosciuti (*che stia diventando seguace di qualche setta?*).

Bisogna dire che sua madre non ha perso la sua grafomania: la lettera è lunghissima, piena di descrizioni e di sensazioni personali, perciò troppo lunga (*come si fa a leggere una roba così?*). Robin non ha tutta questa pazienza e forse Shane ha perso il senso del tempo. Probabilmente la immagina ancora bambina: in un capoverso le dice di provare nostalgia per lei e che le piacerebbe molto averla vicino. Magari, quando sarà più grande, potrebbe iniziare a viaggiare, vedere i luoghi dove sua madre lavora…

Un brivido ha attraversato Robin: che Shane la reclami ora, che voglia portarla via da casa? Ma no, è solo un'idea (*Massimo glielo impedisce di sicuro*), frutto di una fantasia che sua madre ha avuto nel tempio. Dov'è l'accenno alla visione? È in uno degli infiniti capoversi scritti in quello scorretto, buffo italiano:

Stavo china e ascoltavo mormorio della preghiera di gente intorno a me, in atmosfera meravigliosa di pace, ed è successo una specie di miracle. *Nella penombra del tempio ho visto TE: sorridevi verso me, in piedi davanti a una parete. Ho creduto fosse un* joke *d'immaginazione e di stanchezza, pensavo che la vista si era appannata per colpa del fumo di incensi, ma il mio accompagnatore, un uomo molto saggio, ha spiegato che è possibile vedere persone anche attraverso una lunghissima distanza: noi occidentali abbiamo chiuso canali della conoscenza profonda, mentre la religione orientale aiuta a riaprire canali, e comprendere la* connection *cosmica…*

Robin scuote la testa, mentre pensa con sarcasmo: "Non c'è bisogno di andare in India, cara mamma, per avere visioni. Nonno riesce a stabilire *connection* persino con la moglie morta. Comunque, questa delle visioni comincia a essere una moda, o un vizio di famiglia: proiezioni del passato o del futuro, quando il problema vero è il presente."

3

La sensazione molto fastidiosa è che il ballerino abbia intenzione di appiccicarsi a lei.

Ogni volta che Robin arriva a scuola di danza, eccolo spuntare da qualche parte nel suo costume da bagnino, il sorriso stampato in faccia e una mano esageratamente sventolata in aria, come se salutasse qualcuno in partenza su un treno, già all'orizzonte.

Stavolta, eccolo in piedi accanto alla scrivania della segretaria mentre sta chiedendo informazioni sui biglietti degli spettacoli (la scuola fornisce biglietti con forti sconti), ancora vestito di tutto punto e con la sacca del cambio a tracolla.

Incrociandolo, Robin fa per passargli accanto con aria distratta e lui le lancia un richiamo allegro: — Ehi, ciao!

Lei lo squadra da capo a piedi: — Ehi. Non ti avevo riconosciuto. — Evita commenti sul suo abbigliamento, che giudica demenziale: maglione scuro a rombi azzurri e pantaloni di lana grigi, trattenuti sulle caviglie da due mollette per stendere i panni (*lo sapevo che mi ero tirata dietro un pazzo!*).

A lui però non sfugge il suo sguardo severamente stupito che si sofferma sull'orlo dei pantaloni, allora si batte una mano sulla fronte: — Oh, accidenti, ho dimenticato le mollette! — E svelto se le toglie. — Sono per la bicicletta, sai.

Robin lo fissa, interrogativa, mentre lui prosegue: — I pantaloni altrimenti toccano la catena e si sporcano...

— E allora? — chiede lei, i cui enormi calzoni strusciano per terra, orlati di uno spesso strato di sudicio.

— Be', poi è difficile pulirli... Mi rendo conto che è una mania, ma sai, mia madre è un po' apprensiva con queste cose.

Apprensiva? Robin si chiede che cosa possa significare una parola del genere in quel contesto. Il ragazzo sta aspettando una sua risposta, ma lei cerca di scrollarselo di dosso: — Vado a cambiarmi.

— Che cosa indossi per l'hip-hop?

Robin alza una spalla: — Una maglietta e pantaloni da ginnastica.

— Ci metti un lampo, allora.

Finalmente si dirige verso lo spogliatoio e incrocia la sua insegnante di danza, che a Robin ricorda un corvo per gli abiti larghi e svolazzanti, color catrame, e il profilo reso ancora più aguzzo dai capelli tirati all'indietro, rigidamente stretti in una crocchia sulla sommità del capo.

— Che fai ancora vestito, Guido? Vai a cambiarti, svelto!

Come non bastasse, un'ora dopo, appena Robin esce dalla lezione, il ragazzo è già nell'atrio, con l'aria del cane bastonato.

— Mi sono fatto male — le annuncia, prevenendo una domanda che lei di certo non gli avrebbe posto. — Ho messo il piede in fallo, per oggi ho chiuso.

— Peccato — commenta Robin evasiva. Sistema lo zaino su una spalla con l'aria di chi vorrebbe volentieri farsi gli affari propri, ma Guido la segue, zoppicando un poco.

— Che strada fai? — le chiede, appena fuori dal portone.

— Vado a prendere il bus in via Maggio.

— Ti accompagno, tanto ho due ore libere.

Robin prova a schiodarselo di torno: — Cammini male, lascia perdere.

Ma lui, si sa, è un osso molto duro: si è avvicinato alla bicicletta appoggiata al muro, e mentre si china per aprire il lucchetto, le indirizza un sorriso: — Ti seguo in bici, così non mi sforzo a camminare.

— Perché non torni a casa?

— Non saprei cosa fare, a quest'ora. — Guido inforca la bicicletta, accigliato, ma subito torna a sorridere: — Preferisco fare due passi, si fa per dire.

— Non devi fasciarti il piede, o qualcosa del genere?

Lui alza le spalle: — Mi sono già bendato, grazie. Questi microincidenti capitano spesso, i ballerini classici sono come la Sirenetta.

— In che senso? — chiede cautamente Robin.

— Ti ricordi, no? La Sirenetta, quando camminava, soffriva come se mille pugnali la trafiggessero.

— Non ho letto la storia, ho visto un film, non c'era questa parte.

— Be', la storia originale era molto triste: la Sirenetta rinunciava alla coda di pesce e alla sua voce per poter diventare un essere umano. — Guido sta pedalando lentamente, per rimanere di lato a Robin.

— Forse ne valeva la pena, no? C'era di mezzo un principe, mi pare — osserva Robin, sovrappensiero.

— Ma è questa la faccenda triste: lei aveva rinunciato a essere sirena per il principe di cui si era innamorata, ma lui non la riconobbe, non sapeva che gli aveva salvato la vita. Alla fine il principe sposò un'altra. E la Sirenetta si gettò in mare dopo aver ballato e ballato, soffrendo da morire. — Guido si è un po' intristito, come se conoscesse di persona la piccola sirena.

— Che allegria! — commenta Robin. — Senti, che c'entra la danza classica con una storia del genere?

— Ah, niente — si scuote lui, tornando allegro. — Volevo dire che stare sulle punte è un po' come per la Sirenetta quando cammina…

Robin ringrazia il cielo che lui stia pedalando: le seccherebbe che camminasse accanto a lei con quel suo incedere impettito, le punte dei piedi un po' all'infuori. Le sembra un modo completamente innaturale di muoversi, che va benissimo finché Guido se ne sta nei corridoi della scuola di ballo, ma che la farebbe sprofondare di vergogna in mezzo alla folla. E se incontrasse qualcuno che conosce? Qualche compagno di classe? Per non parlare della banda di Maicol…

— Robin — le sta dicendo il ragazzo. — Ti chiami così, giusto?

— Come lo sai? — Robin si volta di scatto, facendolo sussultare.

Si è fermata, e Guido ha tirato i freni della bicicletta. Assume un'aria innocente, gli occhi sbarrati: — Me lo ha detto la segretaria.

Robin invece è furiosa, aggrotta la fronte e lo fissa a muso duro. Lui accenna un sorriso: — Scusa, è stato un caso. La segretaria ha fatto il tuo nome mentre passavo di lì.

— Mentre passavi, eh? — Robin lo squadra per qualche istante, rabbiosamente incredula.

— C'è qualcosa di male? Non ci siamo mai presentati. Io mi chiamo…

— Guido — lo interrompe lei, svelta.

Stavolta è lui a essere sorpreso, le sopracciglia che balzano sulla fronte. Ma si ricompone subito, annuendo: — Già, la maestra di ballo mi ha chiamato, prima.

— Non ti sfugge proprio nulla, eh? — Robin riprende a camminare, con un senso di sollievo perché la fermata è ormai vicina.

È probabile che per Guido questa domanda espressa in tono ironico sia una specie di complimento, perché sorride e prosegue la sua personalissima indagine: — I tuoi sono inglesi o cos'altro?

Lei alza una spalla, mentendo: — Italiani.

— Mia madre è ucraina — si affretta a informarla lui, visto che sono arrivati alla fermata, e Robin lancia occhiate ansiose verso l'angolo della strada, sperando che il bus la sottragga a quella conversazione esasperante.

— Ah sì? — chiede distratta.

— Si chiama Tatiana Matvienko — le annuncia, come fosse una prova lampante di vera ucrainicità.

"Capirai che notizia" commenta tra sé Robin, e contemporaneamente maledice il bus che non arriva.

— Che fai a casa, dopo? — insiste lui, caso mai il discorso cadesse.

— Che ne so… studio.

— Hai parecchio da studiare?

Robin alza una spalla, le sembra che quella chiacchierata stia diventando opprimente.

Questo ragazzo è un pappagallo, non si zittisce mai, anche se lei evita di rispondere. Ora, a esempio, ha attaccato una filippica sulla scuola, raccontando che ha davvero una montagna di compiti e che i professori sono sadici, non tengono conto dei suoi impegni con la danza, anzi, sembra che pretendano ancora di più da qualcuno che ha un interesse fuori dalle mura scolastiche...

— E allora perché non vai a casa a studiare? — lo interrompe Robin, stufa.

— Ho tempo. Dovrei uscire da lezione tra un'ora, non mi va di scapicollarmi verso i libri.

"Scapicollarmi" ripete tra sé Robin. Il cuore le fa un balzo vedendo il muso arancione dell'autobus fare capolino dall'angolo, come fosse Pegaso alato che viene a salvarla. Balza su senza dire altro, mentre lui, da terra, le invia quel solito saluto con la mano che sventola in alto e le fa pensare ironicamente: "Addio, addio."

E allora, com'è successo che se lo sia trovato in casa? Che lo abbia addirittura *invitato*? Che cosa ha spinto Robin, così restia alle amicizie intime, e soprattutto contraria a portare in casa dei ragazzi, a tirarsi dietro proprio quel tizio così strano, con quel modo di parlare fuori luogo? Che cosa le ha fatto dire, d'un tratto: «Va bene, vieni da me»?

Mentre stanno ascoltando Usher, lui piuttosto perplesso lei canticchiando, Robin si domanda il motivo per cui quell'invasore si è infilato nella sua stanza. Non è passata neanche una settimana da quando lui si è azzoppato (*era tutta una manfrina, sicuro*) e si è già formata l'abitudine di accompagnarla alla fermata del bus chiacchierando. Qual è stata la colpa di Robin? Ascoltarlo? Chiedergli il significato di certe parole come *scapicollarsi* o di certe allusioni che lui ricama in continuazione su personaggi di film o di romanzi? Fare domande casuali sulla classe di danza, sulla maestra e sulle sue compagne? Accettare di andare con lui in un bar, e sedersi al tavolo come due vecchie signore per ordinare un tè (*tè!*)? Già, ma perché Robin ha accettato, prima di tutto, di andare a bere qualcosa al bar, e sedersi al tavolo. e ordinare il tè al gelsomino?

Chantal.
Si chiama Chantal, la ragazza dagli occhi nocciola. È la migliore del corso di balletto, la più volenterosa. Non c'è dubbio che Loriana, la maestra, abbia un occhio di riguardo per lei. Non è possibile che riprenda tutti, tranne lei.
Bene, Chantal.
Lei china il capo come se questo complimento fosse un'osservazione.
In primissima fila, davanti allo specchio, Chantal compie perfettamente i trentadue *changement de plié.*
Loriana grida verso le altre di contare, sempre contare, sentire la musica, battere mentalmente, fare riferimento sempre a terra, poi lancia un'occhiata verso di lei, immobile di fronte allo specchio, e dice in fretta, in tono severo: — Bene, Chantal.

Robin ascoltava apparentemente noncurante, in realtà senza perdere una sola parola di quello che Guido le stava dicendo.

— Ti sta sullo stomaco, questa qua — aveva commentato, provando a bere il tè che si era intiepidito. Si era quasi ustionata la lingua, prima.

— No, non sarei così drastico.

— *Drastico*?

Ogni volta che lui usava una di quelle parole incomprensibili, lei aggrottava la fronte e gli rimandava indietro la parola, in modo che si affrettasse a spiegarsi meglio, con un atteggiamento di scusa: — Severo. Non è colpa sua, di Chantal, voglio dire. Lei ha talento, ecco tutto.

— Qualcosa con cui è nata, giusto?

— Probabile, sì. — Guido si era immalinconito. — Nella danza è fondamentale.

— Ma questa Chantal non se la tira anche un po'?

— Che vuol dire se la tira? — Guido la fissava perplesso.

Robin era scoppiata a ridere: — Lo sai che mi sembri uno fuori tempo? Quanti anni hai?

— Tredici.

— Parli peggio di mio nonno.

— Mi spiace, ho poca dimestichezza con il modo di parlare dei ragazzi. — Per la prima volta sembrava arrabbiato. — Non riesco a familiarizzare con quelli della mia età, per i miei compagni fare il ballerino è assolutamente inconcepibile.

— Neanch'io familiarizzo granché — gli aveva confidato Robin, seria. — Per me il problema sono le ragazze, perché amici maschi ne ho. Qualcuno, voglio dire.

Per un istante i loro occhi si erano incontrati, ed era stato come se di colpo si riconoscessero, ritrovandosi dopo molto tempo. Questa sensazione di complicità aveva confuso entrambi, tanto che avevano distolto in fretta lo sguardo.

Ma da quel momento, qualcosa era scattato in tutti e due, il senso di essere accomunati da una solitudine imposta e insieme la certezza di non essere unici, ma di appartenere a un misterioso ceppo umano la cui definizione si formava per negazione: non sei come gli altri, non sei un vero maschio, non sei una vera femmina, non ti comporti normalmente, non parli nel modo giusto, non sei propriamente quello che ci aspettiamo da te.

— Leviamo le tende da qui, ne ho abbastanza di fare la vecchia zia — era sbottata Robin e, scoccando un'occhiata al viso pieno di speranza dell'amico, gli aveva detto: — Va bene, vieni da me.

— Come si balla, questa musica?

Guido sta battendo un piede a terra, fuori tempo.

È strano che non riesca a cogliere il ritmo, ma è distratto dalla voce che scandisce velocemente le sillabe.

Robin si è tolta il berretto, lanciandolo sul letto. Si spettina i capelli corti passandovi dentro le dita, e i ciuffi le restano un po' ritti sopra le tempie, come pagliuzze. Scuote le spalle, muove un paio di passi circolarmente, poi ripete alcuni movimenti della coreografia che sta studiando: scivola di lato e rimane piegata un istante, come una gargolla che pende da un tetto, poi tende di colpo le mani, come se cadesse giù, ma ha solo spiccato un salto, e atterra elastica sul tappeto, le gambe larghe, le palme aperte in fuori.

Guido la osserva, seduto sul letto con la schiena appoggiata al muro, i piedi che penzolano nel vuoto; sembra molto divertito, come un bambino al circo. Appena Robin si ferma, balza in piedi come una molla, e sembra che il letto lo abbia sputato fuori.

— Voglio provare, non sembra difficile! — esclama entusiasta, battendo le mani sulle cosce

— Prima di tutto devi scordarti le punte in fuori — osserva Robin, offesa da quella frase da primo della classe: «Non sembra difficile.»

— Giusto. — Guido sistema i piedi in posizione parallela.

— E poi devi smollarti, sembri un legno. L'hip-hop è roba sciolta.

— Capito — sta annuendo lui, che piega le ginocchia, lascia cadere le spalle, con l'effetto di una marionetta cui sono stati allentati i fili.

— *And one and two, and turn and kick...* — Robin mostra i passi imitando gli ordini di David, mentre Guido prova a ripeterli: ma i suoi movimenti sono impacciati, le gambe s'allargano troppo, la schiena si raddrizza.

Robin scoppia a ridere: — Che imbranato!

Guido riunisce le gambe, allarga le punte in fuori: così facendo sembra diventare gigantesco, poi alza il mento e contemporaneamente un braccio ad arco sopra la testa, sollevandosi sulle punte e più volte sale e scende, tenendo il tempo, finché non compie un mezzo giro e allunga una gamba dietro. Sembra che abbia capito il ritmo, perché compie alcuni saltelli laterali, le braccia abbassate ma tenute ad arco davanti al busto, finché non si spalancano con un movimento vigoroso che sembra voglia fargli spiccare il volo, e se il volo non si compie è perché la stanza di Robin è uno spazio troppo ristretto per la danza di un airone.

— Forte — commenta Robin, abbassando il volume del CD. — Ma forse non è la musica giusta.

— Perché no, *un-deux-trois, et plié*...

Robin sistema le punte delle sue sneakers all'infuori, ridendo: — Così? — Piega le ginocchia, poi le raddrizza e prova a mettersi sulle punte, ma il corpo vacilla e lei continua a ridere: — Ma come fai? È impossibile!

— E tu come fai a bloccare il movimento con uno scatto?

— Così? — fa lei, piegando le ginocchia e allungando la schiena di lato, per fermarsi un secondo immobile, come in un'istantanea.

Guido prova a imitarla, ma il movimento è molto più fluido e meno veloce. — Tua madre penserà che siamo matti — commenta.

— Che c'entra mia madre? — risponde lei, sulle difensive.

— Ma... non so. La mia per esempio si secca per qualunque cosa non sia propriamente balletto.

Robin lo fissa: — La mia non è *propriamente* interessata a queste cose.

— Non vuole che tu balli l'hip-hop? — si stupisce lui.

— Non credo sappia che esiste questo modo di ballare. Diciamo che non è *propriamente* interessata a me. — Robin continua a calcare la voce su quell'avverbio in modo provocatorio, ma Guido non se ne cura. Ha assunto un'espressione a metà tra l'imbarazzato e il dispiaciuto: ha il sospetto di aver detto qualcosa che non doveva assolutamente dire, e non sa se può chiedere oltre.

Sta immaginando uno di quei complicati rapporti tra madri e figli in cui le madri non si occupano dei bisogni dei figli o in cui si discute e si grida, perciò riesce solo a dire: — Mi spiace.

— Non c'è nulla da spiacersi, tanto lei non abita qui. Tutto questo casino lo fa mio nonno.

Da qualche parte dell'appartamento proviene uno scalpiccio attutito, accompagnato dal rumore di sportelli che si chiudono. Guido ha associato quel suono familiare a sua madre quando si appresta a preparare la cena, ma ora rimane esitante, immaginando velocemente una situazione di genitori separati, comune tra i suoi compagni. Cerca di uscire da quella specie di vicolo cieco in cui si è ritrovato, dicendo: — Non mi presenti?

— Cosa?

— Sì — insiste lui. — Non mi presenti a tuo nonno?

Robin scoppia a ridere: — Ma che dici? Che te ne importa?

Guido però rimane serissimo, il tono si fa ansioso: — Ma sì, scusa, non voglio fare la parte del maleducato.

— Guarda che nonno non è un tipo formale. Mi sa che non si è neppure accorto che c'è qualcuno con me.

— Allora, mi presenti per favore? — ripete Guido, caparbiamente.

Robin alza gli occhi al cielo, sbuffando (*non c'è niente da fare, questo tizio è suonato*). Esce in fretta dalla stanza, seguita come un'ombra dall'amico, e piomba in cucina accigliatissima: — Nonno, questo è Guido.

Aldo ha un sobbalzo che fa vibrare la sedia su cui si è appena seduto per sfogliare il giornale, dopo aver sistemato la spesa sui ripiani e in frigo. Alza gli occhi sorpreso e fissa i due ragazzi da sopra le mezzelune appoggiate sul naso: — Come hai detto?

Robin sbuffa di nuovo. — Lui. È Guido.

Nonno accenna un sorriso: — Ah, bene. — Non si aspetta che quel ragazzo si faccia avanti, allungando una mano verso di lui con un solenne: — Buonasera.

A questo punto il nonno assume un tono molto compito: — Buonasera Guido, sono nonno Aldo.

Ora Guido arrossisce e Robin s'irrita ancor più (*ma che gli prende? Ha insistito tanto e poi è timidissimo!*).

— Sei un compagno di classe? — si informa il nonno, con quel sorrisetto compiaciuto sul viso, mentre si alza un po' goffamente dalla sedia.

— No, io e Robin frequentiamo la stessa scuola di danza.

— Ah, bene. Anche tu balli l'*ippòps*? — In piedi, davanti ai ragazzi, Aldo si aggiusta il maglione che si era un po' sollevato sui fianchi, lisciandolo con le mani.

Guido scuote la testa, arrossendo di nuovo: — No, io studio danza classica. — Robin si accorge che il tono della sua voce è un po' stridulo.

— Oh, un vero ballerino, allora — si complimenta Aldo, incrociando le braccia sulla pancia.

— Perché, io faccio per finta, invece? — si rannuvola Robin, già sufficientemente furente per il comportamento innaturale di quei due, uno che parla sopratono, l'altro che usa un atteggiamento quasi reverenziale, come fosse al cospetto di qualche raro esemplare.

Nonno allarga la bocca in un gran sorriso: — Ahi ahi, si è offesa, la mia Robin!

Guido ha finalmente riacquistato il suo tono di voce normale e si volta verso l'amica con il solito sorriso disarmante: — Non è offensivo: il ballerino è una professione e Robin lo sa che io studio per il professionismo. Lei invece balla per puro divertimento, per passione. Oserei dire: beata lei.

Aldo piega la testa da una parte, gli occhi un po' spalancati, gli angoli della bocca piegati in giù con espressione ammirata.

In un istante, Robin passa dalla soddisfazione per il rispetto che il suo amico riesce a guadagnarsi, all'esasperazione per l'aria imbambolata di suo nonno: incantato dalla chiacchiera di Guido, dal suo sorriso carezzevole, probabilmente da quella postura eretta e dal modo che ha il ragazzo di guardarti dritto negli occhi. Certo, i suoi amici (*amici? Quanto tempo che non vedo Maicol e gli altri?*) non si comportano così, anzi, hanno sguardi sfuggenti e navigano nei loro vestiti camminando un po' curvi, come volessero scivolar via dall'attenzione degli adulti.

Invece Guido ha questa capacità di affrontare gli occhi dell'altro senza alcun timore, anzi, con lo sguardo pieno di qualcosa che sembra partecipazione: solo lui riesce a superare quel senso di disagio che gli adulti ti provocano con le loro occhiate indagatrici, e addirittura a rivoltarlo contro. Il nonno, da consumato uomo di relazioni, sta sostenendo quegli occhi brillanti con un gran sorriso, e Robin capisce al volo che ne è innegabilmente affascinato.

Tutti gli adulti si lasciano ammaliare da Guido: per quello che ha visto lei, a scuola di danza la segretaria gli sorride sempre, la maestra non osa sgridarlo, le ragazze e persino le madri delle allieve lo conoscono e lo salutano; più che di adulti, si tratta di tutto il genere femminile.

Il grumo di sensazioni contrastanti che le provoca quel ragazzo la spinge a essere insolente. Bisogna che interrompa quella specie di idillio tra Guido e suo nonno: — Sapessi come sono fanatici, questi qua... — Solleva il mento, il naso all'insù e gli occhi al cielo, in una buffa espressione trasognata che imita l'atteggiamento regale e concentrato dei ballerini.

Suo nonno scoppia a ridere e le passa un braccio intorno alle spalle, stringendola a sé nel suo solito gesto d'affetto. Il viso della nipote gli arriva proprio all'altezza del petto e da lì Robin dice: — Pensa, mi ha chiesto di Shane.

C'è una leggera tensione che attraversa il braccio del nonno o è solo un'impressione di Robin? Guido ha assunto un'aria interrogativa, è evidente che è rimasto spiazzato e si domanda di chi stanno parlando. E perché Aldo cambia espressione e discorso, chiedendo se vogliono mangiare qualcosa o bere?

Ora Robin sta guardando l'amico con un'espressione maliziosa, che Guido tacitamente capisce al volo: ti piacerebbe sapere chi è questa Shane, e soprattutto dov'è? *Provaci, Sherlock.*

4

Apro gli occhi e ti penso.

Aldo taglia le verdure, svolgendo il consueto colloquio mentale con Miretta, sua moglie: *La bambina sta uscendo dal guscio. L'avevo detto io a Massimo che non doveva impensierirsi. Per scontrosa, è scontrosa. Poi ha sempre quella mania della roba larga. Che dici? È per nascondersi?*

La portafinestra sul balcone è un rettangolo nero leggermente appannato, quest'inverno è piovoso e freddo, sembra più buio di ogni altro passato, ma è solo perché gli inverni si trascinano lentissimi da una notte all'altra, con sprazzi di luce grigiastra: invecchiando si sente il bisogno di luminosità, tepore, colori brillanti.

Quand'era più giovane, Aldo non si accorgeva neppure del tempo, del calare della notte alle quattro del pomeriggio, non si curava se la giornata era particolarmente umida. Certo, non soffriva di questi dolori alle articolazioni, delle inspiegabili fitte improvvise alla schiena, dei crampi al piede o al ginocchio, tutti i piccoli mali che attraversano il corpo come una lunga fila di formiche, condensandosi ora qui ora là. Il medico dice che non è niente di serio, gli acciacchi sono il risultato dei trent'anni seduto su quella maledetta seggiolina. Non si guidano tram per tutto questo tempo senza conseguenze.

Dalla stanza di Robin arriva una specie di immenso battito cardiaco, come se la camera fosse la cassa toracica dell'appartamento.

Il ragazzo se n'è andato, quel Guido, chi avrebbe mai detto che Robin frequentasse un tipo che sembra così all'antica, ma in quale tempo passato situarlo, Aldo non saprebbe dire: non quello di suo figlio Massimo, che aveva amici tutti vestiti di nero sepolcrale, con certi capelli spettinati o pieni di brillantina; e neppure la sua epoca, il 1955, solo a pensarci Aldo prova un senso di vertigine per la distanza storica: sono già passati cinquant'anni, mezzo secolo, e a lui pare un soffio. C'erano i primi jeans, i capelli pettinati a ciuffo e lucidi di brillantina, lui aveva quindici anni e lavorava in un'officina. Perché ricorda così confusamente?

Per esempio non ha memoria della casa in cui viveva, l'appartamento buio dei genitori con quei pavimenti di graniglia e le persiane verdi alle finestre. Invece senza un attimo d'incertezza sarebbe in grado di enunciare la formazione della nazionale di calcio italiana del 1955: Viola, Magnini, Giacomazzi, Bergamaschi, Ferrario, Boniperti... Non era l'anno della guerra in Vietnam? Ma questi avvenimenti ancora non lo sfioravano, si era iscritto al partito qualche anno dopo – erano gli anni Sessanta – da adulto, prima di incontrare Miretta.

Miretta, te lo ricordi quando ho preso la tessera? Era prima di incontrarti, mi pare, e noi ci siamo conosciuti nel '62, ma certo che me lo ricordo, c'erano i mondiali di calcio in Cile, c'era quel film che siamo andati a vedere insieme all'Ariston, te lo ricordi? Era Il sorpasso, *c'era Gassman che a te piaceva tanto.*

Chissà perché la sua memoria non ha quella meravigliosa fluidità che appartiene a certi romanzieri, che ricordano tutto nei minimi particolari: gli abiti della tata, il profumo delle merende, la prima fidanzata, la casa di campagna... Aldo non ricorda amici e fidanzate, la sua adolescenza è immersa nell'oblio, e ha un ben dirsi che allora l'adolescenza non esisteva perché si passava dall'infanzia all'età adulta tutto d'un colpo.

Troppo vecchio per i Beatles, per tutta quella moda giovanile che è venuta fuori dopo, arrivata dall'Inghilterra, ma era il '66, era già nato Massimo, c'era quella canzone dell'Equipe 84: *Apro gli occhi e ti penso ed ho in mente te.* Questa Aldo se la ricorda bene, è uno dei pochi dischi dell'epoca che ha tenuto, un disco di vinile, con la copertina di carta.

Miretta andava matta per la musica, forse Robin somiglia a lei, con questa passione per il ballo, anche se la musica è tutta cambiata, non c'è neanche una melodia, ci sono voci che chiacchierano in americano sopra ritmi ossessivi.

Non è facile, per la bambina, senza una mamma. Se Aldo fosse onesto con se stesso, dovrebbe aggiungere senza una vera famiglia, ma non osa neppure formulare un'idea del genere, perché suo figlio è tutto quello che gli resta, oggi.

Il suo pensiero è come sdoppiato: una parte mantiene un continuo dialogo con la moglie e a volte si manifesta verbalmente in frasi mormorate davanti alla foto incorniciata sul comodino, ma solo quando è sicuro di essere solo in casa; poi c'è la parte sottaciuta, quella che non arriva mai a liberarsi in un'espressione e rimane piuttosto condensata in un piccolo nocciolo scuro, dove lo sguardo onnipotente della moglie non può arrivare.

Chissà se c'è una simpatia, tra quei due ragazzini, sta commentando Aldo, ma la moglie sembra perplessa, e lui ridacchia tra sé, perché Miretta è rimasta un tipo all'antica, crede ancora che a dodici anni non si pensi all'innamoramento o a "quelle cose là".

Anche da morta, sua moglie mantiene quel riserbo sulle parole, d'altronde le ragazze della sua epoca erano proprio così, graziose ed educate, non parlavano come gli uomini e arrossivano a sentire certe espressioni. Da un pezzo il mondo si è proprio rivoltato: è spaventoso sentire le donne che parlano come camionisti, vederle comportarsi come e peggio degli uomini, con il risultato che questi sono terrorizzati, basta vedere suo figlio che non riesce a rifarsi una vita con una compagna.

Ma sì, il mondo è così moderno con tutte le sue invenzioni e le sue trasformazioni, ma le persone sono molto più vecchie, forse ancora inadeguate e di sicuro sperse. Per il laico Aldo, è questo il ruolo della religione e del rito: è per questo che lui, comunista e ateo convinto, si è sposato in chiesa, quel matrimonio in una giornata tremenda, il giorno dell'assassinio del presidente americano John Kennedy. Molti compagni gridavano di gioia, ma qualcuno piangeva come una vite tagliata, soprattutto le donne, perché anche se a parole guardavano la Russia, nel cuore avevano il ritmo dell'Occidente: l'America era pane quotidiano, era Marilyn Monroe e rock'n roll e televisione e radio, moda, discorsi e illusioni.

Il neon della cucina toglie le sfumature, gli oggetti sono ritagliati nettamente dall'oscurità, come se galleggiassero su una pozza nera e spessa, di profondità inimmaginabile. O forse è solo un senso di vertigine che ogni tanto lo coglie, soprattutto a quest'ora del tardo pomeriggio in cui sembra di ritrovarsi d'improvviso nel cuore della notte, impreparato e pieno di terrore, come qualcuno che si sveglia nel pieno di un incubo.

Aldo sospira, pensando per l'ennesima volta a come sia complicato essere giovani oggi, anche se quel Guido gli ha dato la sensazione che ci siano dei cambiamenti in atto: sta' a vedere che dopo tanto buttare tutto all'aria, regole e pudori, ora i giovani sentono il bisogno di appoggiarsi a qualcosa di solido, come il rispetto, l'educazione, magari un po' di ritegno, che già la mamma di Robin non ne aveva affatto, con quel disordine in cui viveva.

Disordine mentale, soprattutto. Miretta la chiamava l'americana, naturalmente tra loro due, perché sua moglie è sempre stata una donna riguardosa e mai avrebbe detto una parola di troppo, con la ragazza di suo figlio, poi!

— È una sbandata, poveretta, è spaesata — commentava, scuotendo la testa. — Ma la famiglia, non ce l'ha? Possibile che nessuno si preoccupi?

Che mistero, quest'americana con il viso spaurito, così giovane e già sola per il mondo, e nessuno che si curasse di quel che faceva, di dove viveva. I genitori erano separati e abitavano in due stati diversi: la madre addirittura aveva affidato Shane a una specie di tata, forse una madre adottiva, chi ci capiva nulla in quella complicata situazione familiare in cui sembrava che non ci fossero legami di alcun genere, e neppure sentimenti? E il padre di cui Shane sapeva poco o nulla, se non che si era sposato tre o quattro volte e aveva figli sparsi per gli Stati Uniti.

— Dio mio, e questi dovrebbero insegnare a vivere a noialtri — ripeteva Miretta. Come darle torto? Bisogna dire che c'era d'aspettarselo che alla ragazza saltasse il ticchio e mollasse tutto, bambina e compagno, anche se Aldo e Miretta ci avevano provato a farle sentire un calore familiare, ma certe cose non s'impongono e poi, ora che è più vecchio, Aldo ha capito come sia impossibile sapere cosa passa per la testa degli altri, come ti vedono e ti giudicano, quanto quel giudizio risulti dalla reazione che la tua immagine innesca nell'altro, facendo emergere esperienze e ricordi e sensazioni e mancanze.

Quante volte lui e Miretta si sono chiesti perché Massimo si fosse buttato a capofitto in quel rapporto confuso: forse Shane gli aveva fatto un po' pena, sola e disorientata; Miretta una volta aveva osservato sprezzante che l'americana aveva semplicemente voluto incastrare Massimo nel modo più facile e classico.

Aldo è convinto che quella frase crudele sia stata il frutto di un momento di dispiacere per il proprio figlio, così amareggiato per il senso di fallimento che si portano addosso tutti quelli che hanno avuto una delusione d'amore. E anche se Massimo ha sempre minimizzato, rifiutandosi di considerare la relazione con Shane un grande amore, be', proprio perché è abbastanza vecchio, Aldo sa che l'amore non si coniuga in un solo modo, né in un matrimonio, per quanto riuscito come quello tra lui e Miretta. In un matrimonio ci sono misteriosi legami che non appartengono alla sfera della passione, ma a mille gesti ripetuti, alle abitudini e alla tenerezza, persino alla compassione.

Come fai a spiegarla, una cosa del genere? Si può solo viverla, ma per un giovane è spaventoso pensare all'abitudine come a qualcosa di piacevole. "Sarà perché son nato sotto la guerra" pensa Aldo.

Sarà perché era un bambino terrorizzato dalle bombe che potevano portarti via in un attimo la vita, la mamma, la casa, Aldo ha sempre associato l'amore a una sensazione di serenità, di mille gesti ripetuti e di abitudini che non si interrompono, di frasi che si ripetono e di piccoli riti quotidiani che ti ricordano che sei sempre tu, sei vivo e sei in questo mondo.

Ti ricordi come ti ho guardato, la prima sera? Eh, non puoi ricordarti, perché non ci hai fatto caso. Miretta era seduta in mezzo a un gruppetto di ragazze, le sue compagne di lavoro, con quel vestito rosa pesca, il cerchietto nei capelli. Ascoltava le amiche, e intanto batteva con un piede il tempo sul pavimento, al ritmo dell'orchestrina che suonava un *alligalli*.

«Signorina, posso avere l'onore?» Robin non ci crede, ma era così a quell'epoca, erano tutti più educati. Cortesi. Premurosi. Lei aveva alzato lo sguardo brillante, contenta di essere stata invitata, e si era tirata su di scatto. Era piuttosto piccola e minuta, arrivava giusto alla spalla di Aldo, e questo lo aveva intenerito: sembrava così delicata, con indosso quell'abito che frusciava come una cosa viva e cambiava colore sotto le luci, dal rosa tenue a quello più acceso.

Gli occhi luccicavano nel viso un po' spigoloso; Miretta non aveva quei lineamenti morbidi, le guance rotonde e le labbra piene delle belle di quell'epoca. La sua era una faccina: il naso piccolo, la bocca sottile, gli zigomi e la fronte alta. Ma gli occhi, quelli erano tremendi: guai quando te li puntava addosso, sembrava ti scrutasse fin nelle pieghe più nascoste dell'anima. La temevano anche i capi, quando se la trovavano di fronte, a braccia conserte, per discutere, e Dio sa quante ne ha fatte di battaglie, in fabbrica, questa donna tanto piccola e sottile, e così risoluta.

Il carattere si vede subito, nel ballo, vero, Miretta? Poggiando la mano sulla vita sottile e prendendo nell'altra la mano piccola come un uccellino, Aldo sentiva scorrere la vitalità di quel corpo, era contagiato dalla sua allegria nel danzare, poteva azzardare qualche passo più difficile, perché quella compagna lo seguiva, anzi, pareva lo incoraggiasse.

Sembra tutto ieri, mentre è scomparso quello che è successo dopo, il corteggiamento, il fidanzamento, il matrimonio. Ci sono buchi nella trama, causati dall'incuria per quello che non considera più importante. Come si fa a ricordare esattamente tutto, ora che Miretta non c'è più? Era lei la mente fine, quella con la memoria di ferro. Quella che ricordava gli anni precisi: quando avevano cambiato città, quando lei aveva perso il lavoro, quando lui era entrato nell'azienda, quando avevano provato a fare un altro figlio ed era andata male...

Chissà, forse un fratello sarebbe stato un sostegno: Massimo non è felice, è così misterioso questo figlio.

— Non ha dato mai pensieri — diceva Miretta. Aveva ragione anche in questo: Massimo non aveva passione nello studio, aveva fatto l'istituto tecnico di malavoglia, ma si era messo subito a lavorare. Non si era mai interessato alla politica, ma come dargli torto? Negli anni Ottanta tutti si erano stufati della politica e delle lotte.

Ti ricordi, Miretta, come si vestiva il ragazzo? Tutto di nero, a lutto. E oggi Massimo si stupisce della figlia che si veste come una barbona, così va il mondo.

Questo figlio che non ha mai contestato la famiglia, e ha cominciato a lavorare a vent'anni, sembra che ora cerchi di rincorrere una giovinezza perduta, comportandosi come un ragazzino.

Questo figlio che sembrava mite e coscienzioso non sa come orientarsi nella vita con una bambina che cresce e che ha bisogno di una guida.

Questo ragazzo buono gli ha inferto una delle ferite più difficili da rimarginare, quando disperato lo ha accusato di aver sempre tolto l'aria a tutti, con la sua presenza ingombrante e piena di sé, quella personalità dominante che ha impedito a lui e persino a sua madre di crearsi uno spazio autonomo.

Forse per la prima volta in vita sua, Aldo non aveva saputo cosa dire: sua moglie era morta da pochi giorni per un inspiegabile arresto respiratorio, una donna che non fumava né soffriva di bronchiti, e che solo da pochi mesi accusava un po' di asma. E ora tutta la sofferenza di suo figlio si abbatteva furiosamente su di lui, tacciandolo dell'onnipotente responsabilità di aver contribuito alla morte di Miretta.

Abbattuto come una grossa quercia da un fulmine a ciel sereno, Aldo non aveva replicato prendendo su di sé l'ira e il dolore di Massimo, perché sapeva benissimo che se a qualcuno o a qualcosa doveva attribuire la colpa della morte di Miretta, quella era la fabbrica, i suoi ritmi ossessivi, il padrone che cronometrava la velocità delle orlatrici, il tempo limitato persino per andare in bagno, la disumanità di uno spazio dove mancava sì l'aria, sì il respiro. Non si passano trent'anni seduti su una seggiolina del tram senza conseguenze, e non se ne passano trenta in un capannone senza che i polmoni si restringano, e infine scoppino.

Ovunque sei, se ascolterai / accanto a te mi troverai. Era la loro canzone, quella di Umberto Bindi, la ballavano abbracciati. Aldo la canticchia, mugolando a mezza voce: *Vedrai lo sguardo che per noi parlò / e la mia mano che la tua cercò.*

Appena solleva gli occhi, vede Miretta che gli sorride con quell'espressione partecipe che ha sempre contraddistinto la loro complicità. *No, amore, non me la sono presa,* le dice Aldo mentalmente, e lei, che è apparsa sulla portafinestra come se fosse entrata dal balcone, annuisce.

Indossa un abito a fiori primaverile, i guanti bianchi, la borsetta è appesa al braccio. Sembra pronta per uscire in una giornata piena di sole, per respirarne l'aria tiepida.

DEVELOPPÉ

1

Il poster troneggia al centro della parete, mostrando un dio corrucciato che punta gli occhi scuri sfrontatamente verso l'obiettivo e dunque verso Robin che lo sta guardando, incuriosita.

Il dio è a torso nudo, e le braccia si incrociano sul corpo in una posa che ne fa risaltare la muscolatura come in un trattato di anatomia, perché il bianco e nero della foto sembra scavare ogni sottile nervatura, ogni vena che dal collo possente arriva fin sui polsi e sulle mani, l'una poggiata appena sopra a un gomito, l'altra all'altezza della spalla, le dita protese verso l'alto come foglie lanceolate.

Vladimir Machalov.

Robin legge ad alta voce esitando sulle consonanti doppie e sul giusto accento: — Màcalov o Macalòv?

— Màcialov — la corregge Guido. — In russo il "ch" si legge come "c" dolce.

— Chi è?

— Un grandissimo ballerino. È ucraino, come mamma. — Lo sguardo si illumina: — Lo ha conosciuto, sai?

— Ah sì?

Guido annuisce, l'espressione esaltata come se parlasse di un eroe. — Mia madre frequentava la stessa scuola di ballo in cui lui ha iniziato. Lei aveva dodici anni, lui era appena un bambino di cinque anni, ma aveva già talento...

Di sicuro sta per attaccare uno dei suoi soliti discorsi sul mistero di possedere un'arte innata, che scaturisce come un fiore raro dalla roccia, anche senza terra né acqua, per puro miracolo, perciò Robin si affretta a interromperlo: — Tua mamma è una ballerina?

Stenta a immaginarla in tutù, quella donna alta e robusta, il cui nervosismo traspare dall'apparente placidità, con certe note stridule nella voce che si sforza di essere pacata, quasi sussurrata.

— Ha studiato danza per otto anni, poi ha dovuto smettere.

Robin emette un fischio, mentre si accascia sul letto ordinatissimo di Guido. Si aspetta che il materasso sia duro come una tavola, e la sorprende la morbidezza che l'accoglie, facendola quasi sprofondare, tanto che punta i gomiti per tenere il busto sollevato e guardare l'amico rimasto in piedi, come se l'intruso fosse lui, in quella camera.

Dev'essere l'imbarazzo che gli fa assumere un tono pedante, un po' da professore che attacca la lezione per i novellini: — Nella danza bisogna avere molte qualità. — Mentre le enuclea, solleva le dita della mano sinistra, partendo dal mignolo e poggiandovi sopra l'indice della destra: — Talento, arte, disciplina, corpo... — Quest'ultima parola la pronuncia con più evidenza, rimanendo per pochi istanti immobile con i due indici attaccati. — Se hai un gran talento ma non hai il corpo, sei costretto ad abbandonare. È quello che è successo a mamma: è cresciuta troppo, è diventata alta e robusta e ha dovuto lasciar perdere.

Robin gli indirizza un sorriso ironico: — E se succede a te?

Guido alza una mano scuotendo impercettibilmente la testa, come per scacciare una mosca: — Per un uomo è diverso: si può essere alti e robusti.

— E se cresci fino a due metri? — insiste Robin, tirandosi su di scatto, il sedere sprofondato in quel letto troppo morbido.

— Non esiste. — Ora Guido sta scuotendo tutt'e due le mani in aria, con gli indici alzati. Anche solo come ipotesi, gli pare inconcepibile. — Nessuno è tanto alto, in casa mia.

— Ed ecco a voi Guido Auser, due metri e dieci, giovane promessa del basket! — Robin ha messo le mani a coppa davanti alla bocca, mimando la voce di uno speaker sportivo.

— Smettila! — le intima Guido, innervosito.

Ma lei si sta divertendo come una matta, e insiste: — Guido Auser, dal balletto al palazzetto!

— Basta! — Guido afferra il cuscino trapuntato della poltroncina d'angolo, quella antica di legno intagliato che proviene da casa dei nonni e che serve giusto a disporvi i vestiti la sera, prima di andare a letto. D'istinto lancia il cuscino verso Robin che, con prontezza, lo afferra.

— Ah sì? Vuoi la guerra, eh? — grida, sollevando un ginocchio sul letto per bilanciarsi meglio e restituirgli il cuscino con forza. Guido lo prende al volo, mentre Robin, che ha le ginocchia sul letto, quasi strappa il copriletto per tirar fuori la sua arma di piume d'oca e prepararsi alla battaglia.

Mentre sbattono i cuscini uno contro l'altro, urlando, la porta si apre sulla figura imponente della madre di Guido. Il ragazzo si affretta a lanciare il cuscino verso la poltroncina. Robin rimane quasi impietrita, con il suo sollevato sopra la testa, le ginocchia affondate nel letto sfatto.

— Ma che succede? Che cos'è questa confusione? — Il sussurro è furioso.

Robin abbassa il cuscino, mordendosi le labbra. Guido si è raddrizzato nella sua solita postura a petto in fuori, come un soldato. Indirizza a sua madre un sorriso intimidito e le dice: — Niente! Stavamo giocando.

Giocando? Robin lo fissa interdetta. Stringe il cuscino al petto, per difendersi dallo sguardo truce della donna. *Giocando?* Si siede sulle ginocchia, sprofondando ancor più in quel letto che sembra un budino, mentre la madre di Guido cambia espressione e, pur scuotendo la testa, accenna a un sorriso: — Fate i bravi. — Si avvicina al figlio e con un gesto protettivo gli posa una mano sulla testa: — Guarda come sei conciato, tutto spettinato, sudato. Vai a sistemarti in bagno, su.

Guido annuisce, scostandosi un po' bruscamente da sua madre. L'occhiata che lancia a Robin è carica d'imbarazzo. In questo siparietto, lei si sente una mostruosa aliena piovuta in una casa felice e ordinata per creare orrore e scompiglio. Vorrebbe poter scomparire con qualche raggio trasportatore spazio-temporale, ma il suo corpo rimane lì inglobato nel letto-budino, e per uscirne non sarà tanto semplice.

La mamma di Guido le sta indirizzando uno sguardo carico di disapprovazione, anche se il tono della voce è suadente come quello di una fata buona: — Robin, cara, se vuoi tirare giù le scarpe dal letto, per favore...

Robin ha un attimo di smarrimento, poi lentamente districa le gambe dal letto e finalmente scende a terra, mentre la donna si avvicina per rassettare il copriletto con gesti svelti, ma Guido le è subito accanto e la blocca: — Ci penso io, mamma, se non ti dispiace. — La madre lo guarda un po' interrogativa, lui si affretta ad aggiungere: — Abbiamo messo noi in disordine e tocca a noi mettere a posto.

— Ah, ma certo. — La donna si raddrizza con un'espressione soddisfatta in cui Robin legge l'atto d'accusa verso di lei, aliena impicciona: "Mio figlio sì che è ben educato."

Ha esaurito la sua esibizione di controllore e fa per uscire, ma non esita a dire: — Allora mi raccomando, non fate le cosacce.

Cosacce? Che dice questa pazza? Robin si siede pesantemente sul letto, esausta. Guido è uscito per andare in bagno forse a pettinarsi, forse semplicemente per levarsi di torno, giusto il tempo per lasciare che l'apparizione di sua madre svapori, portandosi via la strana vergogna che ha ingiustamente coperto entrambi. Robin sbatte con rabbia il cuscino sul letto, quando si accorge che proprio dietro la testata, incastrato tra il materasso e la rete, c'è qualcosa: una rivista piegata, nascosta proprio lì con gran cura.

In fretta la tira fuori e si mette a ridere, facendo defluire tutta la tensione creata da quella mamma carceriera.

L'amico Guido ha un segreto.

Chiamiamola amicizia.

Con i maschi è più semplice. Persino in classe sua, quel gruppo sgangherato di ragazzi e ragazze che sembrano accomunati soprattutto dall'insofferenza per la scuola e dai riti di sottomissione e d'omertà, persino lì Robin è riuscita a scambiare quattro chiacchiere con qualche ragazzo, mai con una ragazza. Lei, in quella classe, è da sempre l'esclusa.

Non è un maschio, e i maschi la ignorano, presi dalla loro lotta di potere: il leader è Moreno, che ha conquistato il ruolo di capo attraverso minacce ed esibizioni di forza, costringendo gli altri ragazzi alla consegna delle merende, ai servizi d'informazione, prestito di cellulare, e naturalmente donazioni in denaro. Delle prestazioni scolastiche Moreno se ne frega: non richiede l'aiuto dei sottomessi neppure durante i compiti in classe. Forse l'obiettivo è di essere respinto e rimanere per sempre in quel piccolo mondo dove è signore assoluto. Fuori, è solo un bamboccio che si accompagna a gente più grande e dall'aspetto assai più minaccioso, una specie di tirapiedi di ragazzotti dai quali impara modi e atteggiamenti.

È stato impressionante, per Robin, vederlo ai giardinetti di fronte alla scuola in mezzo ai tizi che ciondolavano sopra i motorini o appoggiati alle auto da cui usciva una musica mai sentita, quasi straziante. Moreno sembrava il loro cagnolino, scodinzolante dall'uno all'altro padrone in attesa del boccone che in quel caso era una sigaretta o un sorso di birra. Si erano ovviamente ignorati: lei era passata a pochi metri con il naso a terra, cosciente del fatto che lui comunque la stava spiando con una cicca che pendeva dalle labbra, aspettandosi proprio questo: il suo sguardo abbassato e il suo passo accelerato. Robin non conta nulla, nel suo schema gerarchico: è una ragazza invisibile, perché non è carina e perciò oggetto di caccia, è una che sta per conto proprio, e persino con la sua compagna di banco ha legato pochissimo.

Robin non può farci nulla, è più forte di lei, non riesce a condividere con le altre femmine le passioni per certi ragazzi della scuola, i pettegolezzi su gente che neppure conosce, gli sdilinquimenti per certi attori o cantanti, non le importa nulla di moda, abiti e trucchi, non ne sa niente di questo mondo rosa melenso, è sicura che non metterà rossetto né smalto, mai. La guardano con condiscendenza, le altre. O non la guardano affatto: Robin l'invisibile entra da sola nei bagni dove tutte vanno a gruppetti o in coppia, ridendo, sussurrando, scambiandosi i lucidalabbra e i segreti, mentre lei non ricambia neppure un'occhiata, e se le capita di urtare qualcuna che sta entrando o di incrociarne lo sguardo, l'altra, chissà perché, le chiede scusa.

Era così anche prima? Robin ricorda di aver avuto delle amiche, alla scuola elementare, ma sembra un passato remotissimo in cui c'erano camerette piene di bambole e pupazzi dove a lei piaceva soprattutto buttare tutto all'aria con gioia selvaggia, meritandosi l'appellativo di Robin la scatenata, quella con cui ci si diverte un mondo ma poi ti fa pagare il prezzo di una mamma imbronciata che ti costringe a mettere tutto in ordine, ricordandoti che una bambina dovrebbe comportarsi un po' meglio, una bambina di dieci anni ormai è grande, è *matura*.

Per cosa è matura Robin? Non lo sa: da quando le è venuta la passione per l'hip-hop, ha smesso del tutto di frequentare le ragazzine mature ed esce per lo più con i ragazzi che possono permettersi di essere immaturi.

Si sente accettata con i suoi abiti comodi e larghi, i capelli che ha tagliato cortissimi lo scorso anno e non ha più voluto far allungare, se non per il ciuffo sugli occhi (quello serve a nascondere la fronte e spesso lo sguardo). Si sente a suo agio con Maicol e Gipo e Bongus, pacche sulle spalle e battute pesanti, lunghi silenzi di quelli che solo i maschi sanno sostenere e che a lei, Robin, non hanno mai pesato, non ha bisogno di riempire l'aria di chiacchiere, giusto per far sentire il proprio tono di voce, come un canarino.

Si sente al centro di qualcosa quando muove i passi a tempo sul pavimento di cemento della piazzetta, si sente dentro il *groove*, che è il suo essere Robin senza etichette, senza aspettative degli altri, senza linee di confine tra maschi e femmine.

E questa con Guido, chiamiamola pure amicizia. Non se l'è cercata, come invece ha fatto con Maicol e gli altri, che da tempo si ritrovavano in piazzetta. Non l'ha neppure voluta, in fin dei conti lui è strano e fuori da ogni tempo e stile, inclassificabile. Almeno lei, be', è una hip-hopper, è una che sta dentro al mondo. Guido, invece: qual è il suo *groove*?

A essere sinceri, Guido le si è imposto. È così insistente. Finché eccola qui, Robin, in camera sua, guardata a vista dalla guardia russa... ah già, ucraina, a scoprire i peccatucci dell'impareggiabile Guido, Guido il beniamino delle mamme, Guido bianco giglio. Questo è il suo segreto: una rivista porno accuratamente arrotolata e infilata tra la testata del letto e il materasso, una rivista che non è semplicemente porno, è una rivista dove ci sono solo maschi nudi, una rivista porno gay.

Robin sta dondolando le gambe sul letto, impaziente che l'amico ritorni. Ed è così che lui la trova, entrando: seduta con un sorrisetto allegro, i piedi che oscillano, come una bambina che ha messo le dita nella marmellata e ne è molto, molto soddisfatta.

Chiamiamola amicizia.

Non c'è dubbio che è stato Guido a volerla per amica. Perché è buffa, ma ha un fondo di tristezza di cui chissà se è consapevole; perché a modo suo ama la danza e soprattutto è schietta, e proprio in questa schiettezza Robin è diversa da tutte le altre amiche di Guido, che non sembrano mai sincere fino in fondo, per qualcosa d'insondabile che deve far parte del carattere femminile, qualcosa che nei romanzi viene definito pudore o difesa o gentilezza d'animo o mistero. Lei invece è diretta e un po' brusca, e in questo potrebbe somigliare di più a un amico. Quello che Guido non ha mai avuto perché è difficile entrare in sintonia con i maschi, e lui non può attribuirne la responsabilità al mondo del balletto che è essenzialmente femminile.

I problemi di comunicazione si sono fatti sentire molto prima, fin dalle scuole elementari, quando si trovava spesso a giocare con le bambine, lontano dai maschi e dalle loro rivalità, dalle loro lotte di supremazia e dai loro modi spicci, senza spiegazioni. Guido è uno che fin da piccolissimo ha attribuito un'immensa importanza alle parole, tant'è che le sceglie con cura, ne studia i significati: se non avesse intrapreso la carriera del balletto, avrebbe deciso per la filosofia del linguaggio. Potrebbe sempre studiarla, nessuno gli impedisce di fare l'università, anche se è vero che nessun ballerino arriva a laurearsi perché la danza è totalizzante, occupa tutto il tuo tempo e le tue energie.

Non ha scelto lui questa strada, ma quale artista in fondo la sceglie? Diciamo che vi si ritrova per un dono naturale, ed è indubbio che Guido a cinque anni sapesse già mettersi nelle cinque posizioni base, mentre il resto dei suoi coetanei mimava le mosse del calcio o del judo; ed era completamente fuori dall'ordinario che Guido ascoltasse volentieri Chajkovskij, provando a danzare la parte del principe de *Il lago dei cigni*, mentre tutti gli altri bambini ascoltavano le canzonette.

Senza dubbio c'entra mamma e la sua passione per il balletto; se Guido fosse cresciuto in un'altra famiglia, probabilmente il suo dono sarebbe stato completamente ignorato, per quanto si sa che i grandi come Rudolf Nureiev sono cresciuti in famiglie disastrate e hanno studiato di nascosto.

Il paragone è fuori luogo, certo, perché Guido sa di non essere un genio: ama la danza, tutto qui. Ed è una fortuna che sua madre lo incoraggi, lo assista, lo comprenda anche nei momenti di frustrazione, quando è davvero così faticoso andare avanti e gli sembra di non progredire, di avere le gambe di legno e il cervello vuoto. Per fortuna lei lo sa, perché ci è già passata. Era il suo sogno, fare la ballerina, entrare nella scuola del teatro Bolscioi, come tutti i più grandi in Russia, come il piccolo Machalov, che è stato preso a dodici anni, e a pensarci Guido ha un brivido, perché lui ha già un anno in più e sarebbe impreparato per un'audizione in un grande teatro; ma sta facendo un altro paragone insensato con uno dei massimi ballerini del mondo.

È normale a tredici anni non avere un vero amico? Guido non sta parlando dei compagni di classe con cui ha qualche scambio comunicativo, naturalmente badando bene di tenere nascosta la scuola di danza, perché nessuno, proprio nessuno della sua età vuole fare il ballerino. Allora finge di interessarsi al calcio o s'inserisce in discussioni su programmi televisivi che non vede se non di sfuggita, perché a differenza di molti suoi coetanei non ha la televisione in camera, e la sera è spesso papà a scegliere che cosa guardare tutti insieme, fino alle nove in punto, quando Guido è tenuto ad andare a letto.

Di questa vita un po' monastica lui non racconta, né si lamenta come molte sue compagne che già possiedono una libertà inimmaginabile e inscenano drammi per spingersi oltre (non posso andare in discoteca fino alle due!).

Guido finge, per la gran parte del tempo, di essere un altro Guido, un camaleonte che mimetizza il proprio linguaggio con quello del gruppo, che ride di battute che spesso non capisce perché si riferiscono a cantanti o attori o personaggi televisivi, recita il ruolo dello sportivo che si allena nel canottaggio tre volte la settimana, tanto per nascondere le lezioni di danza.

Ma anche così, lo sente benissimo che c'è una resistenza da parte dei ragazzi, anche quelli più disponibili e simpatici (e Guido frequenta una scuola di ragazzi beneducati e gentili, perché sua madre ha scelto con molta oculatezza l'istituto in cui iscriverlo), quelli che lo invitano alle feste di compleanno o a casa loro per fare i compiti insieme.

C'è come una tensione palpabile che impedisce di entrare in sintonia, di fare quello che i veri amici probabilmente fanno senza preamboli e senza fatica: parlare di se stessi, confidarsi, mostrarsi per quello che si è. Ma Guido con la sua doppia faccia può arrivare solo fino a un certo punto, solo fino alla superficie del nocciolo in cui è chiusa la sua essenza, badando bene di non aprire il prezioso contenitore.

Proprio oggi, quel folletto dispettoso di Robin sembra pronto a scalfirne la superficie per gettarci un'occhiata dentro.

— Scusa, è un po' ansiosa — esordisce, convinto che quell'espressione beffarda sul viso dell'amica si riferisca alla scenetta con sua madre. In bagno, mentre si sciacquava il viso, Guido ha pensato: "Dio santo, mamma poteva essere meno dura! Tanto più che Robin non è affatto abituata a essere rimproverata, sua mamma dev'essere un tipo distratto o molto *laissez faire*." Si ripete questa parola come un ossessivo ritornello, mentre torna sui propri passi per affrontare l'amica.

— Apprensiva, eh? — commenta lei, con quel sorrisetto enigmatico.

— Un po', sì. — Guido si sente preso da un imbarazzo improvviso. — Dai, anche noi sembravamo un po' matti.

— Capirai. Fossero queste le follie. Tua mamma è sempre così… — Robin cerca una parola che non sia offensiva e ricorda una di quelle che Guido usa con il suo modo di parlare forbito: — Drastica?

— No! — si affretta a rispondere lui, ridendo. — Non direi, è che… forse è il suo carattere, la sua educazione, lei è molto posata, molto seria.

— Vuoi dire che non ride mai? Mai mai? — Robin calca su quest'ultima parola, strizzando gli occhi in un'espressione comica.

Guido vorrebbe continuare a difendere sua mamma, dicendo qualche ovvietà come "essere seri non significa non saper ridere", ma quel viso raggrinzito di folletto gli fa cambiare idea e, scoppiando a ridere, confessa: — Mai! — E subito chiede a sua volta: — E tua madre, è una che ride?

Robin spalanca gli occhi: — Chi? Shane? Assolutamente mai! — Il viso si atteggia a un'espressione fintamente pietosa, le sopracciglia piegate in su, gli angoli della bocca in giù. — Non può! C'è poco da ridere per lei, in questo mondo!

— Tuo nonno però è un tipo simpatico.

— Sicuro. Anche papà, a modo suo, è uno che se la spassa. E tuo padre? Si diverte, almeno lui?

— Non direi. — Guido si è seduto sul letto, accanto a Robin. — Non ha l'aria di uno che se la spassa.

— È russo anche lui?

— Nessuno è russo, qui — risponde, piccato.

— Dio, che spaccascatole… ucraino, ho capito, ucraino. Ucraino, non russo, altro popolo, capito, capito…

— E abbassa la voce, cosa urli?

— La spia ucraina ascolta?

Guido ride di nuovo, annuendo. Robin mette un indice sulle labbra e scivola verso il pavimento. Guido si piega in avanti, mentre lei sgattaiola sotto il letto: — Ma che fai?

Robin gli sussurra: — Forza, vieni qui sotto, così la spia non sente.

Lui scuote la testa, ma si china in fretta e scivola sotto il letto: si ritrovano pancia a terra, i gomiti sul pavimento, le teste vicine per ascoltare le frasi sussurrate.

— Ehi, qui è strapulito. Ci si potrebbe anche mangiare! La spia è una maniaca, eh?

— Molto scrupolosa.

— Una vera donna di casa. Tuo papà l'adora?

— Non proprio, direi che discutono abbastanza. Lei è molto più giovane di lui, e passano il tempo in lunghi silenzi oppure litigando.

— Ma pensa! — Robin ha alzato un po' la voce, per quest'esclamazione ironica, e subito si tappa la bocca con una mano, mormorando: — Dici che mi ha sentito?

Guido si mette l'indice sulla bocca, ed entrambi cominciano a parlare sottovoce.

— I tuoi non litigano? — chiede lui, poggiando la testa su una mano.

— No, non hanno occasioni. — Robin si punta il mento sulle mani aperte.

— Allora vanno d'accordo, anche se sono separati. È tanto che sono divisi?

Robin rimane evasiva: — Bah, sai, ognuno fa la sua vita.

— Forse perché tua mamma lavora. Mia madre si occupa della casa, di me. — Il tono è piuttosto mesto.

— Non è una ballerina?

— Ah, no! Ha smesso a quattordici anni, te l'ho detto.

Robin lo incalza, incuriosita: — E da allora che ha fatto, è campata d'aria?

— Non lo so, ha studiato, lavorato, poi è venuta in Italia, perché il suo paese era povero...

— L'Ucraina. — Robin si volta su un fianco, poggiando una guancia sul gomito, come se provasse a evocare l'immagine di un paese ignoto (*grandi pianure e boschi? Montagne? Freddo?...*).

Guido si sente in dovere di spiegare qualcosa sull'emigrazione di sua madre e attacca con frammenti storici: — Quando lei era piccola, l'Ucraina faceva parte dell'Unione Sovietica, poi è diventata indipendente.

— Già. I paesi dell'Est... — commenta lei, ricordando confusamente qualcosa sentito dire a scuola. — Abbastanza dura la vita, lì, no?

Lui prosegue, convinto che Robin conosca bene lo scenario politico: il crollo dell'Unione Sovietica, l'indipendenza dei diversi stati, ma anche la vita difficile, la miseria di molte regioni. — Mamma è venuta qui per lavorare. Ha conosciuto papà perché badava a mia nonna.

— E tuo padre, già che c'era, ne ha approfittato... — sogghigna lei.

Ma Guido rimane serio: — Papà era divorziato, aveva un figlio grande.

Robin solleva la testa di scatto, poggiandola su una mano, ma continua sottovoce: — Ehi, hai un fratello! E dov'è?

— È sposato, vive per conto suo. Ha due figli, praticamente sono zio...

Lei lo interrompe con una certa foga: — Stai scherzando? Quanti anni ha tuo papà?

— Settantacinque.

Robin emette un fischio sottovoce: — Più vecchio di mio nonno!

— Forse è meglio se usciamo da qui. — Guido fa per scivolare via, ma l'amica lo trattiene: — Dove vai? Si sta così bene.

— Se mamma torna...

— Secondo me non torna, prima ho sentito la televisione, secondo me si è flippata su qualche soap.

— Ma no, non guarda la televisione.

— Lo dice a te. Secondo me ora si sta prendendo un po' di vacanza. È venuta qua, ha fatto la voce grossa e adesso si è spaparanzata a guardarsi qualcosa di romantico, che la fa struggere.

Guido è rimasto senza parole; in effetti, se tende l'orecchio, gli pare di sentire qualcosa che somiglia a un chiacchiericcio televisivo. Ma sua mamma parla sempre della televisione come di una immensa cretinata, che proprio non vale la pena di guardare, oltretutto lei non ne avrebbe neppure il tempo.

— Mi sa che in questa casa ognuno ha i suoi segreti. — Robin si mette a ridere.

— Che c'è da ridere?

— Niente, niente. — Infila una mano sotto la camicia larga e ne estrae la rivista. Anche se lì è abbastanza buio, Guido la riconosce subito e il sangue gli sale al viso, bruciandogli orecchie e guance.

Che razza di ficcanaso! Ha frugato dappertutto, mentre lui era fuori, e ha frugato ben bene! Rabbia e vergogna si mescolano furiosamente, cercando una parola di disprezzo per quello che ha fatto l'amica (ma può chiamarsi amica una così?) e una parola che lo difenda, per esempio che non sa proprio cosa sia quella roba.

Ma Robin parla per prima: — Bell'amico che sei, a tenerti per te una faccenda così interessante.

— L'ho trovata — protesta Guido. La voce è un po' stridula, mentre prosegue: — Ero solo incuriosito.

— Sì, dai, dove l'hai trovata?

— In un cestino, al parco qui di fronte. Giuro, non potrei neanche comprarla da un giornalaio. — La voce si è fatta più sottile e tremante, Robin ne coglie la vibrazione disperata (*che stia per mettersi a piangere?*).

Allora allunga una mano verso quella di lui e gliela stringe: — Amico Guido, che male c'è? Tieni. — In fretta, gli passa una torcia, quella che ha trovato sul comodino.

Prima di accendere, Guido ha riacquistato la calma: quel terribile momento di spavento e disperazione è passato, e prova a buttarla sul leggero: — Sei più abile della spia ucraina, eh?

— È chiaro.

La lampada si accende sul viso di Robin che stringe gli occhi: — Sei scemo? Sposta la luce.

Guido sistema la torcia sotto il proprio mento, facendo una smorfia: sta provando una specie di tattica di diversione, ma Robin comincia a scivolare indietro, con la rivista tra le mani: — E vabbè, ce la guarderemo fuori di qui.

Il fascio di luce si sposta subito sulle sue mani, mentre Guido sospira: — No, d'accordo, stiamo qui. — Finché il buio lo protegge dalla vergogna, è salvo.

— Ti piacciono i maschi? — chiede lei, mentre fissano la copertina della rivista.

— No! — protesta lui. — Te l'ho detto, l'ho trovata…

Robin sta sfogliando le pagine, le scappa da ridere. Ora si mette a ridere anche Guido, e gli pare che tutta la paura e la rabbia che ha provato prima fossero insensate: perché si è fatto prendere dal panico? Per queste immagini? Per quello che poteva pensare Robin?

Ora che sono insieme e ridono e commentano, tutto sembra così ovvio e persino quel turbamento che lo coglieva da solo, sotto le coperte a osservare quelle foto, è scomparso. Quei modelli in posa gli appaiono un po' eccessivi, così patinati, ridicolmente seri.

— Davvero, ti fa effetto vedere questi maschi nudi?

— No, sì… Non so — sta dicendo Guido. — A te fa impressione?

— Sì… no. Un po', forse. Il sesso mi fa sempre uno strano effetto.

— Quale effetto?

— Non so spiegarlo, è un brivido.

— Fastidio e piacere? — prova a dire Guido. — Per me è un misto: attrazione e ribrezzo insieme, è possibile?

— Non riesco a pensarmi insieme a un ragazzo, a fare queste cose — commenta Robin, con un tono preoccupato.

— Io non riesco a sentirmi attratto da una ragazza fino a questo punto.

— E da un ragazzo? — insiste lei, con una punta di malizia.

— Non so, non riesco a pensare di baciare un ragazzo.

Neanche una ragazza. Devo avere qualcosa di sbagliato.

— Io non ho mai baciato un ragazzo — confessa lei.

Adesso sta a lui domandare con tono ironico: — E una ragazza?

— Sei scemo?

Guido si solleva un po' da quella scomoda posizione supina e prosegue, puntuto: — Non vedo che ci sarebbe di male.

— Non mi piacciono le ragazze, se vuoi saperlo. Mi fa schifo l'idea di farci sesso.

— Allora siamo pari — sospira lui, chinando di nuovo la testa. — Anche se... io quando ho visto due che si baciavano... è stata l'emozione più forte che abbia provato.

— Due che si baciavano dove? In un film?

— No, due per strada. Questa è la cosa più eccitante, sconvolgente, e misteriosa: il bacio.

Il silenzio scende tra loro, e Guido spegne la luce della torcia. L'oscurità sotto il letto sembra più profonda, in quei brevi istanti. Allora Guido sussurra: — *Luce, sempre più luce, intorno; buio, sempre più buio, nella nostra angoscia.*

— Che stai dicendo? — sussurra Robin, allarmata.

— È quello che dice Romeo.

— Chi Romeo?

— Shakespeare, *Romeo e Giulietta.*

Robin fa per sistemare la rivista sotto il materasso, ma lui le dice: — Mi fai un favore? Portala via, non si sa mai.

— La metto nel solito cestino, se ti serve puoi sempre riprenderla. Allora lui le dà un pizzicotto leggero su un braccio: — Che buffona.

Escono come due serpi, strisciando all'indietro da sotto

il letto, e appena fuori di lì, alla luce del lampadario, per qualche momento si osservano, come se ognuno dei due cercasse nell'altro la traccia di un'avvenuta mutazione.

I vestiti un po' stropicciati e le guance arrossate di Guido, i capelli scompigliati di Robin e la sua camicia sollevata fin sopra la pancia sono segni evidenti di una concitazione che i loro occhi, invece, non manifestano: i loro sguardi sembrano insolitamente quieti e brillanti.

— Vuoi telefonare a tua mamma per avvertirla che fai tardi? — sta dicendo Guido.

— Mando un messaggio a casa. — Robin si solleva, cercando il cellulare nei pantaloni. All'amico non è sfuggito l'oscurarsi dello sguardo. Ma per lei lo spazio delle rivelazioni per il momento si è chiuso.

2

L'urto sembrerebbe causato da una grossa pietra. Shane sterza, frenando appena, il sangue le affluisce di colpo nel petto, accelerando il battito del cuore. La prima regola è quella di non fermarsi, per nessun motivo.

L'auto ha sollevato una nube di polvere come una piccola tromba d'aria, sconfinando, oltre la carreggiata, sul terriccio giallastro.

Sembra non ci sia nessuno, ma Shane non ci giurerebbe perché il sistema è questo: un colpo sul parafango anteriore o sulla portiera, causato da un grosso sasso; il conducente si ferma per guardare, ed ecco comparire dal nulla qualcuno pronto a rapinarti o rubarti l'auto o chissà cos'altro.

Shane prosegue senza fermarsi, con lo sguardo acuito dalla certezza di essere spiata, di rappresentare, in quella specie di savana deserta, la preda: una gazzella che corre per la lunga strada che porta da Karachi a Quetta, verso casa.

Casa? Da alcuni giorni, Shane ha cominciato a chiedersi per quanto tempo ancora può chiamare casa questo labirinto buio in cui si è cacciata, questo luogo disperato che sembra non possa avere altro destino che la sofferenza, la malattia e la morte, l'orrore del mondo. Perché altrove, dove la guerra e la povertà l'avevano condotta, l'esperienza umana aveva una tinta diversa, che permetteva a poco a poco il realizzarsi di un progetto, anche solo una piccola ma solida opera, e lei poteva a ragione calarsi nei panni della rammendatrice di ferite.

Ma questo paese straziato pare refrattario a ogni cura, a ogni intervento. I bambini muoiono a pochi mesi o pochi anni, e i volti delle madri si mostrano impietriti dalla consuetudine alla privazione, scavati nel gelo dell'inedia. L'immensa massa dei profughi afghani ha aperto la voragine inesauribile della morte: il tempo è scandito dai decessi, come un'enorme, efficiente fabbrica di distruzione umana che le persone come Shane cercano inutilmente di fermare, bloccando qualche piccolo ingranaggio.

Questo luogo sembra l'avverarsi delle parole dell'Apocalisse: ... *e infine ogni uomo, schiavo e libero, si nascosero tutti nelle caverne e fra le rupi dei monti e dicevano ai monti e alle rupi: Cadete sopra di noi e nascondeteci dalla faccia di Colui che siede sul trono e dall'ira dell'Agnello perché è venuto il gran giorno della loro ira e chi vi può resistere?*

Come può ricordarsi queste parole con tanta precisione, quando le ha ascoltate tantissimi anni fa? Allora era solo una bambina, con le calzette bianche al ginocchio e le scarpe di vernice, l'abitino a pieghe della domenica, i guanti di rete candidi che lasciavano sulle dita, strette in preghiera, una sottile trama a nido d'ape. Allora era ancora la ragazzina bionda e gentile che s'infiammava nei canti domenicali, nei Salmi: *Il Signore degli eserciti è con noi / nostro rifugio è il Dio di Giacobbe / venite, vedete le opere del Signore / egli ha fatto portenti sulla Terra. / Farà cessare le guerre sino ai confini della Terra / romperà gli archi e spezzerà le lance / brucerà con il fuoco gli scudi.*

Ma la guerra non è mai cessata, né probabilmente cesserà mai, fino alla fine del mondo. Shane, che sta percorrendo quella strada verso le montagne scuoiate dalla furia ventosa dei millenni, non è più la bambina dal cuore gonfio di fede e di speranza, un cuore immacolato come le sue scarpette bianche di vernice.

Il risveglio era stato brusco, frantumando la fervida fiducia nel mondo con la deflagrazione della sua famiglia: suo padre se n'era andato, lasciando la moglie e i figli in un grumo di rancore in cui si trovava invischiata anche lei, Shane, la primogenita, la figlia nata fuori dal matrimonio e di nuovo senza madre, visto che quella vera, la ragazza che l'aveva messa al mondo, non aveva mai voluto saperne di quello che considerava un futile errore di gioventù.

Di nuovo alla ricerca di un affetto stabile, una casa, una matrigna, dei fratellini, e nel frattempo affidata alla zia che l'aveva allevata nei primi anni, quella donna che viveva in un luogo sperduto come nessuno al mondo sa che possa esistere negli Stati Uniti, la zia religiosa che le leggeva ogni sera, prima d'addormentarsi, l'Apocalisse, e lei immaginava scene terrorizzanti di demoni che emergevano dalla terra e angeli infuocati che li combattevano con fiamme e tuoni.

La seconda pietra colpisce la gomma dell'auto, facendola sbandare. Shane lancia un grido, mentre frena di colpo per non finire fuori strada. È allora che si materializzano intorno all'auto tre figure, come sbucate fuori dalla terra. *Vidi un altro Angelo, possente, discendere dal Cielo avvolto in una nube, la fronte cinta di un arcobaleno...* L'uomo dal viso coperto con un ampio scialle a quadrettini si avvicina al finestrino. I suoi passi sollevano una nuvola grigiogiallastra che lo circonda come un turbine celeste. Shane si riscuote, raccogliendo tutta la calma e la freddezza necessarie: i tre sono armati, invisibili dietro le stoffe che li avvolgono, e lei ha giusto la possibilità di farsi derubare e rimanere a piedi se non vuole diventare l'ennesimo corpo abbandonato a quella terra sterile.

Immobile, le mani sul volante, aspetta che l'uomo le ordini di spegnere il motore e scendere. Spera che non lo faccia, mentre in modo scaramantico si recita quest'intima rassicurazione: *non può uccidermi, sono una volontaria, sono qui per aiutare il suo popolo, sono straniera, sono una cittadina americana, il Pakistan è alleato degli Stati Uniti...* Si rende conto di pensare quello che non oserebbe mai proferire ad alta voce, perché detesta il ruolo di sudditanza cui il suo paese (ma ormai non è più il suo paese, se non nei documenti) ha ridotto il Pakistan accreditandone la dittatura e, di fatto, convalidandone l'arsenale nucleare.

Il respiro le diventa più corto, mentre con la coda dell'occhio vede l'uomo chinarsi verso il finestrino aperto. Ne coglie una zaffata penetrante, di qualche spezia mista alla polvere e all'umido e al sudore, un odore che le restituisce un'improvvisa intuizione: che quell'uomo abbigliato con lunghi pantaloni color terra e armato con una mitraglietta non sia pakistano e neppure afghano, ma sia, proprio come lei, uno straniero arrivato in quel luogo tormentato per ragioni che potrebbero essere simili alle sue.

Non dovevo affrontare questo viaggio da sola. È il pensiero inutile e inevitabile di chi si sente in colpa per la propria caparbietà. In un istante rivede il moto di stizza del suo collega, quell'uomo di solito così mite e difficilmente irritabile, di fronte alla sua ostinazione a tornare a Quetta da sola, perché il conducente aveva un contrattempo. Chissà se era vero, o se quest'imboscata era stata preparata con la complicità di Ahmed, che di solito guida l'auto con la perizia del viaggiatore locale: non è mai capitato prima d'ora che Shane abbia intrapreso una traversata completamente sola, e ha sbagliato proprio nell'idea di conoscere ormai bene la strada, il paese e le persone, di credere che una volta tanto non possa succederle niente, soprattutto perché lei è una volontaria in una missione di aiuto internazionale. Ma qui la vita umana vale troppo poco per attribuirsi ruoli e sentirsene protetti: la sua auto e quel che contiene (accessori e ricambi) sono un motivo più che sufficiente per essere tolta di mezzo senza tanti discorsi. Le mani stringono il volante, la camicia sotto la tunica le si incolla al corpo per il sudore, il sangue le martella sulle tempie, mentre immagina una possibilità di fuga: *Se accelerassi? Se ingranassi la retromarcia?*

L'uomo sembra scrutarla, dall'altra parte del finestrino. Shane è rimasta con lo sguardo fisso avanti, offrendogli il profilo a malapena visibile sotto il fazzoletto scuro che le copre la fronte e il collo, alla maniera islamica.

Per pochi istanti non accade niente; c'è solo il rumore del motore al minimo, e il fruscio delle vesti dell'uomo piantato accanto al finestrino. Poi una voce calma, chiara, le parla in un inglese ben cadenzato, formulando brevi frasi: — Dovete andarvene. Il vostro lavoro qui è concluso. La vostra presenza non è più gradita. Hai capito?

Shane annuisce. Sa che non è il caso di proferire una parola. Lo sguardo le rimane fisso avanti, un po' abbassato sul volante.

— Tu devi andare via, subito. — L'uomo si piega in modo che la testa si avvicini a quella di Shane e le parole possano essere sussurrate. — Sei sotto controllo, costantemente.

L'odore di spezia è diventato più pungente, e, in quell'attimo di terrore e disperazione, Shane ha l'immagine di un luogo preciso, in cui è stata molto tempo fa ma che è indissolubilmente legato a un odore speziato e mediterraneo, e anche senza sapere chi si nasconda dietro quei teli e chi le stia ordinando perentoriamente di andarsene, d'un tratto sa che quell'uomo non è un combattente afghano né un bandito pakistano, ma proviene direttamente dalle strade del Cairo.

«Sei sotto controllo, costantemente.» Un egiziano travestito da guerrigliero afghano che sbuca dalle alture Kirthar esibendo un perfetto inglese: perché? E che bisogno ha di minacciare lei, Shane Forrest, volontaria di un'organizzazione non governativa?

Un cenno dell'uomo, e le due figure immobili davanti all'auto, con le armi puntate su di lei, si allontanano per farla passare.

Un colpo di acceleratore e sono già spariti. Shane potrebbe pensare di averli immaginati, un'allucinazione per la stanchezza e il viaggio. Ma il cuore le batte troppo forte e le mani le tremano, il piede a malapena poggia sull'acceleratore, mentre alla paura e alla confusione si sostituisce una rabbia crescente che la fa imprecare tra i denti e poi la spinge a gridare, sola nell'abitacolo dell'auto: — Neanche morta! Non me ne vado neanche morta! Non accetto ordini da pazzi armati! Mi dovrete uccidere, sì, uccidere!

In questo stato di esaltazione, arriva al campo e affronta i suoi colleghi, agitandosi come una matta e ridendo istericamente, ben decisa a non raccontare a nessuno l'avventura che le è capitata. Non farà un favore a quei terroristi, mai. Se qualcuno la spia, ebbene, riferirà che da quel luogo lei e i suoi colleghi non se ne andranno fino alla fine della missione.

Non vi sarà più notte / e non avranno più bisogno di luce di lampada / né di luce del sole / perché il Signore Dio li illuminerà e regneranno nei secoli dei secoli. Con uno scatto del capo, Shane allontana l'eco dei versetti dell'Apocalisse che le risuonano in testa con la voce arrochita di sua zia, quell'invasata.

— Sei stata fortunata.

Reiner non si è lasciato confondere dalle scuse bislacche di Shane sui colpi inferti al paraurti e alla portiera dell'auto. Le ha chiesto senza preamboli quanti erano, se le hanno chiesto soldi o medicine, e in che lingua parlavano.

La calma di Reiner: sembra parli della visita di una vecchia parente, anziché dell'assalto di briganti in piena regola! Quella placidità riesce a farla montare su tutte le furie, e sta già sbraitando: — Quelli non erano banditi da quattro soldi, non si aspettavano la mancia! Potevano farmi fuori, ma la loro idea era che diventassi una specie di messaggera, quelli vogliono che ci togliamo tutti dalle palle. Chiaro? — La voce le trema un po', quando grida l'ultima parola.

Si impone di prendere un bel respiro, temendo di scoppiare in pianto per una scena isterica a tutti gli effetti: ah no, questo spettacolo non vuole proprio offrirlo a Reiner! Lui non si è scomposto e, con maggiore calma, le rivela che non è il primo avvertimento che ricevono: pare che la loro organizzazione sia vista di malocchio da piccoli potentati locali, che vorrebbero accaparrarsi risorse internazionali, gestire gli aiuti finanziari, forse pilotare una parte dei soldi in commerci illeciti...

Ma Shane sta scuotendo la testa, le mani le tremano per la collera: Dio, quell'uomo supponente, tanto sicuro di sé, non sa neanche di cosa parla e non capisce, non ascolta! Lo fissa con durezza, interrompendolo: — Reiner, il vento è cambiato. Non si tratta di gente locale. Non c'è di mezzo la rivalità tra organizzazioni. Quelli di oggi erano di un'altra specie.

— Non vedo che cosa te lo faccia pensare.

Lei fa un grosso respiro per raffreddare la rabbia, abbassa la voce e quasi scandisce: — Quell'uomo parlava un perfetto inglese. Era straniero, come me, come te.

— Molti parlano un perfetto inglese, qui. — Reiner sembra voglia provocarla fino all'esasperazione.

Ma lei sa quel che dice. Tanto che abbozza anche un sorriso mentre scuote la testa: — Non con quella cadenza. Lui ci ha provato a mascherarsi, diceva frasi brevi, ma c'è stata una piccola cosa, una sfumatura. Ci ho pensato molto, ci ho pensato tutto il tempo. Vedi, quell'uomo era egiziano.

Reiner alza un sopracciglio, con la sua insopportabile altezzosità. Dev'essere la sua origine altoborghese che lo ha imbevuto fino all'osso di gesti misurati e formalità. Non a caso si occupa degli aspetti amministrativi, con puntiglio da finanziere. Anche adesso il tono è quello pedante da controllore: — A cosa è dovuta tanta determinazione, Shane?

— Sono sicura. — La donna ha lo sguardo acceso, perché malgrado cerchi di mantenersi lucida, dentro di lei ribolle un magma misto di collera e ispirazione: la presunzione di Reiner non l'aiuta, malgrado lui sia convinto di avere l'atteggiamento opportuno per fronteggiare, placare quella furia.

Shane sa che ha avuto l'ispirazione giusta. Un altro respiro profondo, le braccia appoggiate ai fianchi, alza il mento che trema un po' verso il suo capo: — Quell'uomo era egiziano e ha studiato negli Stati Uniti, per la precisione nel mio stesso college, Reiner. Lui ha pronunciato una frase che usavano gli studenti anziani del mio college per intimorire gli allievi giovani.

Reiner stringe un poco gli occhi. È un gesto di cui forse non è consapevole, ma che Shane ha imparato a riconoscere come segnale critico. L'impassibilità dell'uomo si sta crepando: — Mi stai dicendo che sei stata fermata e minacciata da un egiziano che forse hai conosciuto da ragazza?

Una mano si stacca dal fianco di Shane e accompagna le sue parole tagliando l'aria, come una spada. — No, non lo conosco, ma ti dico che quello è uno come noi, anche se è venuto qui per uno scopo diverso dal nostro, e che non c'entrano niente le risorse internazionali e via discorrendo. Ti dico che quello è un egiziano che arriva dal Cairo ma che ha studiato negli Stati Uniti come me, e ha avuto solo il dannato caso di trovarsi di fronte una che, tra tanti college, ha frequentato anche quello di Atlanta, dove di sicuro lui ha studiato, prima di tornare in Egitto e poi venire qui in Pakistan per mettere in pratica qualcosa che ha imparato in Occidente.

Reiner la sta fissando e dal suo viso è sparita ogni traccia di presuntuoso distacco. La fronte aggrottata, inspira profondamente e china il capo, segno che sta riflettendo su quelle parole. Ma Shane non è altrettanto ponderata, la mano tesa come una lama si alza verso l'alto, come volesse squarciare un velo invisibile: — Hai capito? Ci stai arrivando? Quelli sono di Al Qaeda.

Gli occhi azzurri si risollevano sul suo viso, in una fugace espressione di preoccupazione che Reiner si cura subito di soffocare. Posa una mano sulla spalla di lei: — Non parlarne a nessuno, ne discuteremo in ufficio stasera con gli altri. Dovrò avvertire Losanna.

— E cosa succederà? Dovremo andarcene sul serio? — Tutta la baldanza di prima è svanita e Shane si sente svuotata, la voce le si è abbassata e ha un tono un po' piagnucoloso.

Reiner si stringe nelle spalle: — Non so, non credo. Ma c'è un fatto, che si assomma ad altri.

— Quali altri?

— Ne parleremo stasera, Shane.

Lei lo guarda allontanarsi, e dal passo frettoloso e un po' incurvato le pare di intuire quale sarà il proprio futuro immediato. Un altro addio, un'altra casa da lasciare:

quante volte è partita? Quante volte ha ripetuto la scena dell'abbandono, tra abbracci e lacrime, e promesse di ritorno, quanto ha pianto per lo strazio del distacco?

Questa volta non ce la farà a lasciare questa terra, i bambini e le donne del campo, qui ci sono la sua famiglia e il senso della sua vita intera, solo qui ha provato l'intima verità di essere la rammendatrice delle ferite aperte da altri. Quella professoressa femminista, al college, aveva definito così la donna: "rammendatrice delle lacerazioni del mondo"; e lei, Shane, solo dopo molti anni aveva compreso il significato profondo di quelle parole.

Allora era solo una ragazzina disperata, viveva con la seconda moglie di suo padre, una donna sofisticata che la giudicava matta perché a Shane non piaceva la sua casa (una villa così confortevole! In stile vittoriano! Arredata in modo impeccabile!) né i suoi amici abbronzati tutto l'anno, né lei con quegli abiti svolazzanti e quel sorriso finto, né in generale la vita che conducevano suo padre e quella donna, un'incessante esibizione di vanità. Così Shane, appena rientrava dal college, si vestiva di stracci e fumava per casa, si sbronzava con gli amici, tornando a casa all'alba rintontita, a volte con qualche ragazzo più sciroccato di lei, che non trovava di meglio che vomitare sul tappeto del soggiorno per l'esasperazione della matrigna.

Andarsene lontano, dall'altra parte dell'oceano, era stata una liberazione per tutti, ma principalmente per lei, che voleva finalmente vivere per quello che era sempre stata: un'orfana. Suo padre, tartassato da qualche senso di colpa, le mandava un bel po' di soldi ogni mese tramite una banca americana; somme che lei ha trascurato di incassare per diversi anni, anche quando in Italia ha conosciuto Massimo e ha cercato di metter su famiglia. Dio, che sbaglio! Lei non era tagliata per fare la madre a una sola bambina, la moglie di un unico uomo: lei è la madre e la nutrice di una comunità, ha una famiglia immensa ed è sposata con l'associazione cui ha portato in dote quei soldi di suo padre, migliaia di dollari che hanno sovvenzionato il primo progetto cui Shane ha aderito, dieci anni fa.

Ora, solo ora si sente veramente affranta, colpita dall'ingiustizia che vuole separarla da ciò che ha di più caro prima che il suo compito sia concluso. Anzi, malignamente sarà pensionata in quello che considera solo l'inizio della sua opera.

In fretta, a testa china per ricacciare indietro le lacrime, si dirige verso l'alloggio di Karim, il maestro. E finalmente, seduta sul tappeto della sua casa, Shane si scioglie in un lungo pianto.

3

Robin sta fendendo l'aria con le mani aperte, come due spade di samurai che roteano per terrorizzare l'avversario. Si china sul ginocchio destro, poi rapida si rialza e unisce i piedi, pronta a piegare l'altro ginocchio, calciare, indietreggiare. David sta osservando con occhio critico i passi degli allievi, ricordando loro la sequenza del *battle rock* attraverso pochi ordini: — *Feet together, and left leg!*

La musica s'interrompe e David richiama gli sguardi su di sé: — Non dovete rimanere così concentrati su voi stessi, chiusi a riccio. — Si è un po' ripiegato, per mostrare agli allievi il loro atteggiamento, poi allarga le spalle e il petto, sorridendo, mentre spiega: — Apritevi verso il pubblico, così, immaginate che lo specchio sia la platea.

I ragazzi guardano lo specchio e annuiscono. Ma David li incalza: — Cosa sono questi musi lunghi? Il viso deve essere comunicativo, stiamo facendo *battle rock*, non una marcia funebre! Di nuovo, su, fatelo impazzire questo pubblico!

La musica riprende, i ballerini roteano le braccia, mentre David scandisce i movimenti contando: *five six seven eight*, e gridando il monosillabo "fu".

Fu-fu-fu si ripete in testa Robin, mentre immagina se stessa come una specie di monaco shaolin, leggerissimo, flessuoso nella danza del combattimento: un piede in avanti, come se colpisse un avversario invisibile, una mano piegata a prendere l'elsa della spada, poi il braccio si tende in fuori, come se squarciasse un velo che sta tra lei e il pubblico invisibile. Deve aver davvero reciso un sipario perché d'un tratto sullo specchio appare una figura.

C'è uno spettatore vicino alla parete di fondo, sta guardando il balletto a braccia conserte. Il busto drittissimo, un piede poggiato leggermente di sbieco, il body e le calze nere: a giudicare dalla postura, si direbbe sia una ballerina. Alla seconda occhiata, Robin ha un sussulto.

Chantal.

Sbaglia il passo successivo, quasi inciampa, mentre cerca di riprendere la sequenza. Quando lancia lo sguardo di nuovo allo specchio, Chantal non è più sola: Guido si sta chinando verso il suo orecchio, mentre lei punta gli occhi direttamente su Robin. (*Che le sta dicendo? Perché lei è così seria? E lui cos'ha da sorridere in quel modo?*)

Deve dimenticare quei due, se non vuole fare una figura meschina; così incolla gli occhi sulla propria immagine riflessa nello specchio e pensa: "Fregatene di quelli. Sei il monaco shaolin che combatte per il proprio onore."

Allarga le braccia e riprende le sue spade invisibili per rotearle davanti agli occhi, e procede in avanti come un soldato attento a un agguato: di lato calcia contro un nemico invisibile, si volta dal lato opposto per scacciarne un altro. Si piega guardinga sulle ginocchia, solleva le mani e compie un balzo in avanti per sorprendere gli avversari immaginari che la stanno circondando.

La musica smette di colpo, spade e nemici sono scomparsi. Robin resta a osservare il guerriero dagli enormi jeans e la maglietta fluttuante piantato a gambe larghe, i pugni davanti agli occhi: il monaco shaolin è tornato a essere semplicemente lei.

Il gruppo si sta disperdendo, mentre David saluta a gran voce: — Ciao ragazzi, buona giornata.

Robin deve attraversare la sala e passare davanti a quei due che stanno chiacchierando sottovoce tra loro. Vorrebbe poter uscire volando, per evitare l'incontro. Ma non è ciò che desidera dalla prima volta in cui ha visto per caso Chantal: conoscerla, parlarle? Diverse volte Robin ha immaginato confusamente di imbattersi in lei e chiederle... Chiederle cosa? Non ha mai pensato di domandarle nulla, l'ha fantasticata e basta, e ora che è lì davanti, in carne e ossa, be', Robin esita ad avanzare, il cuore le accelera, il fiato si fa corto, ma può sempre attribuirlo al ballo, alla concentrazione.

David le lancia un'occhiata interrogativa, mentre si volta: forse pensa che abbia qualcosa da chiedere, Robin potrebbe approfittarne e trattenersi ancora con il maestro, ma gli lancia un rapido sorriso e si dirige in fretta, a lunghi passi, verso quei due.

— Robin! Questa è Chantal! — Guido ha il tono stridulo di quando è agitato. — Era così curiosa di conoscerti.

Curiosa? Di conoscere me? Robin allunga una mano, anche se non è abituata a questo genere di saluti. Di solito con la gente che frequenta ci sono cenni del capo e un semplice "ciao". Ma Chantal appartiene a un altro tipo umano, così sottile e dritta sembra lo stelo di un tulipano e, come il calice del tulipano, la testa si china un po' di lato, mentre allunga a sua volta la mano a prendere quella di Robin: — Guido mi ha tanto parlato di te. Volevo proprio conoscerti. — Naturalmente sta sorridendo.

Chantal sembra proprio una di quelle persone che sanno sempre come si saluta, quando si sorride, qual è il momento giusto per parlare e quello per tacere.

Robin invece non ha la minima idea che ora toccherebbe a lei pronunciare qualche parola, possibilmente qualche frase gentile, e rimane un po' aggrottata davanti alla ragazza, osservando che senza il costume rosa da fenicottero, e con indosso quel semplice body nero, appare meno magica. Le sembra una tizia molto magra, pallida, con i capelli scuri tirati sulle tempie, come stretti da una morsa dietro la nuca. Che sia curiosa lo mostra bene, con quei grandi occhi bruni che la scrutano. "Che colore è, questo?" sta pensando Robin, accigliata: non proprio marrone, qualcosa di più acceso, più vicino al giallo, alla luce.

— Te l'avevo detto, è un po' brusca — interviene Guido, sempre leggermente sopratono, sorridendo esageratamente — ma è fantastica, sul serio.

Robin si sta chiedendo perché l'amico si senta in dovere di esagerare con tutti questi complimenti e l'espressione si fa più imbronciata per quel «te l'avevo detto». Se c'è una cosa che proprio non sopporta è che si parli di lei alle sue spalle.

— Sei brava — sta dicendo Chantal, con quella voce sottile che ben si accorda al corpo esilissimo. — Questo ballo lo senti molto, mi pare.

Robin accenna a un sorriso e si decide ad aprire bocca: — È poco che studio.

— Certo che questo modo di ballare è molto... — Chantal sceglie la parola adatta — particolare. Anche se, per conto mio, un po' egoistico.

Robin ha alzato le sopracciglia, sorpresa: — Come sarebbe?

— Non è per offendere nessuno — Chantal si porta una mano sul cuore, come se giurasse in tribunale — ma per conto mio questa danza... sembra qualcosa che fai solo per te. Per dimostrare che sei forte o importante. Sembra che uno dica "guardate come sono in gamba, io". Non c'è niente che condividi. Con gli altri, con i ballerini, con il pubblico.

Robin si è ammutolita, mentre Guido si mette subito in mezzo, un po' ansioso: — Dai, Chan, sei esagerata. — E, rivolto a Robin, la butta sullo scherzoso: — Sai, Chantal è una patita della danza classica, non vede altro.

— Scusa Guido, ma questo non c'entra. — La ragazza si volta appena verso l'amico, poi torna a fissare con dolcezza Robin, mentre le lancia parole acute come frecce. — Mi sembra che non ci sia bellezza. Non c'è generosità, quello che doni agli altri. Ci sei solo tu che... combatti, ho avuto la sensazione giusta? Non è una lotta? — Con quel sorriso sulle labbra, sta demolendo tutto il mondo di Robin. La quale annuisce, cupamente, ma non riesce a parlare.

È Guido che a questo punto si sente in dovere di mettersi dalla sua parte: — È un modo diverso di danzare,

Chan, e a me piace. — Lancia un'occhiata complice verso Robin che si è asserragliata in se stessa, tutti e due i piedi piantati in terra, le braccia conserte.

— Bene — dice infine. — Se l'esame è finito, me ne vado. — Scioglie le braccia e gira i tacchi, senza neppure salutare. Lei non possiede le buone maniere e in questo momento ne è molto fiera.

Dio, che odiosa! E poi, come parla? Robin è fuori di sé dalla rabbia, mentre sbatte le sue poche cose nello zaino, prima di uscire. *Curiosa di conoscermi, eh? Per stendermi, quella specie di professoressa del cavolo! Ma chi si crede di essere?* Inforca lo zaino su una spalla, si piazza il berretto di sbieco ed esce con furia dagli spogliatoi per imbattersi in Guido che sembra lì in agguato.

— Non è il caso — le sibila lei, pronta a saltargli al collo se è necessario.

— Scusami. Non pensavo che...

— Va' all'inferno.

Robin è già fuori, e si sente leggera.

A casa, al sicuro nella sua tana, accende la radio e con il telecomando alza il volume progressivamente, finché le pareti non rimbombano. Sì, ora arriverà lo squillo del telefono, ma per il momento vuole solo fondersi in quest'immensa vibrazione: chiude gli occhi e gira su se stessa, ripete i passi che ormai conosce così bene da poterli compiere anche bendata.

Arriva lo squillo, ma lei non lo sente, continua a ballare e ballare finché le viene il fiatone, e si getta sul letto respirando forte. Con un tocco del telecomando, abbassa la musica di colpo.

Il telefono sta squillando, di nuovo: che palle questi vicini, ma non escono mai? Stanno sempre rinchiusi in gabbia?

Si toglie in fretta la camicia e la lancia a terra, alzandosi di scatto. È decisa a dirne quattro al vicino rompiscatole, oggi è proprio la giornata giusta, così solleva la cornetta gridando: — Pronto!

Dall'altra parte, una voce mogia: — Sono il perfido Guido.

Robin scoppia a ridere: — Ma sei pazzo? Che vuoi?

— Sono qui vicino, in quel posto che mi hai detto tu, la piazzetta. Ho una sorpresa.

— Non mi piacciono le tue sorprese.

Il tono è tagliente, ma Guido non se ne cura. — Forse questa ti piacerà. Ti prego.

Sarà perché nessuno le ha mai detto ti prego con questa voce, ma Robin si riveste in fretta e afferra le chiavi. "Vediamo qual è la sorpresa" si sta dicendo mentre scruta tra le pozze di luce dei lampioni. Sembra che Guido non ci sia: qualcuno è seduto su un gradino, ma indossa pantaloni enormi e un giaccone a quadri, un berretto come il suo calato sugli occhi.

Robin si guarda intorno (*dove sarà quel tonto?*), mentre il tizio poggia la mano su una scatola accanto a sé e fa partire una musica hip-hop. La scatola è un apparecchio stereo, il tizio alza il mento e salta giù dal gradino con un movimento leggero, come il balzo di una pantera. Appena atterrato, compie con sicurezza e precisione alcuni passi. Puro hip-hop.

Robin spalanca gli occhi, incredula. Il tizio è Guido.

— Che fetente. Lo hai imparato — grida, gli occhi che le brillano.

Guido scrolla le spalle, apre il petto e compie una perfetta "onda" con il busto e le gambe. Poi stende le mani in avanti e lancia una gamba all'indietro, il braccio sinistro passa sopra la testa e la mano afferra il berretto, in una specie di saluto al pubblico.

Ci sarebbero stati bene gli applausi, ma tutto lo stupore e il piacere per quello spettacolo improvviso Robin lo esprime nel suo solito modo ruvido. Si avvicina, una mano alzata perché l'amico vi batta sopra, ma Guido rimane perplesso.

— Su, *gimme five*! Batti il cinque! — lo incita, scuotendo un po' la mano.

— Ah, sì… la mano — trasale lui.

— Dove hai trovato questa roba? — Robin sta indicando con il pollice i pantaloni larghi con le tascone. — Non ti si riconosce.

— È un segreto. — Il sorriso lo illumina, gli occhi scintillano mentre chiede: — Allora? Ti ho sorpresa?

— Piacevolmente! — Lei batte una mano sulla coscia: il solito Guido! — Sei una forza. Giuro. — Si siede, continuando a osservarlo: ora che ha terminato il suo piccolo show, Guido è tornato nella solita postura un po' altezzosa. (*Ma vestito così è più normale, è anche… carino?*) Si siede vicino a lei con quel busto dritto come il manico di una scopa, niente a che fare con i ragazzi che paiono accasciarsi come foglie, le schiene arcuate, le spalle chine.

Robin ha poggiato il mento sulle mani, i gomiti sulle ginocchia. Sembra riflettere ad alta voce piuttosto che domandare a lui: — Non è difficile, vero?

Guido capisce al volo che sta parlando dell'hip-hop. —

Non troppo. Ma bisogna cambiare marcia, e questo non è facile per chi studia un'altra danza.

— È quello che voleva dire Chantal? Che è un modo di ballare facile, movimenti per gente esagerata, che se la tira.

Guido sta grattando via qualcosa d'impercettibile dalla stoffa all'altezza del ginocchio. — Non è proprio così. Lei è stata eccessivamente severa, non so cosa le sia preso. Ti giuro, era molto curiosa di conoscerti e poi si è messa a pontificare…

Pontificare. Robin si gira a guardarlo: — Che le avevi detto, di me?

Lui volta la testa, l'espressione innocente: — Niente, solo che sei un'amica, una grande amica.

Robin stringe il viso in una smorfia e Guido si acciglia: — Perché? Non è vero?

— Sì, certo — si affretta a dire lei, sollevando gli occhi.
— Ma deve averla urtata. Capirai, *grande amica*! Chissà cos'ha pensato.

Guido la fissa un po' di sbieco, l'espressione assorta: — Non ha capito male, è solo che prima parlavo di più con lei, credo si sentisse un po'… la mia migliore amica, ecco.

— Prima di cosa?

— Prima che conoscessi te. — Guido distoglie lo sguardo, fissandolo lontano, da qualche parte oltre la luce del lampione di fronte. — Non voglio dire che le facessi grandi confidenze, ma ero più presente. — Robin sta annuendo, convinta. (*Posso immaginarlo, impiccione come sei!*) Guido prosegue, con quel tono assorto: — Chantal… io l'ho sempre ammirata molto, è bravissima, sai?

153

— E ti piace — lo interrompe Robin, con espressione furba.

— No! — Si volta di scatto come se l'avesse colpito. Scuote la testa con vigore: — No, assolutamente. L'ammiro come ballerina, tutto qui.

— Be', è... — Robin cerca una parola adatta — carina. Penso che spopoli.

— In che senso?

Robin alza gli occhi al cielo, sbuffando: — Dio, dimentico sempre che vieni dal 1700! Spopola, piace parecchio, no?

— Credo di sì. Non saprei. — Guido si è aggrottato, lo sguardo verso il basso. — Non è il mio tipo, se è questo che vuoi sapere. Siamo... eravamo amici, tutto qui. Credo che sia un po' gelosa di te.

— Gelosa? Di me? — Robin ha alzato la voce, sorpresa. — Perché siamo amici?

Lui batte un piede a terra, un gesto d'insofferenza, dicendo: — Ma sì, altrimenti non mi spiego il suo comportamento di oggi. Chan non ha mai quell'aria superba, sai, e poi cosa c'entrava farti tutte quelle critiche su una danza che conosce così poco? Sembravano critiche fatte a te, ma erano sbagliate.

— Sbagliate. Cioè?

— Tu non balli affatto come fossi sola, sprigioni energia, è che forse non hai l'abitudine a interagire con il pubblico, come capita a noi.

Robin ha uno scatto di nervosismo: allunga le gambe e le ripiega, le mani che si alzano verso la testa. — Che vuoi dire? Sempre questi paroloni: interagire... spiegati. Non capisco!

— Noi, io… Fin da piccolo ti prepari per stare su un palcoscenico, ogni anno c'è un saggio, uno spettacolo e tu sai che lì ci sono gli spettatori, e che il tuo corpo comunica loro qualcosa, che vieni giudicato. Ti abitui a confrontarti con lo sguardo degli altri, è come se avessi continuamente gli occhi addosso, e balli non per te stesso, ma come se fossi sempre su un palcoscenico. — Con le mani forma cerchi come se disegnasse quel palcoscenico in aria.

"Muove sempre tanto le mani" pensa Robin. Sarà perché lei le tiene spesso in tasca. Tutta questa spiegazione le suona strana, chissà che significa: prepararsi a essere sempre sulla ribalta, come le scimmie ammaestrate.

Guido china la testa, quasi stesse cercando qualcosa per terra. — Fin da piccolissimo mi sono sentito sempre osservato, è una sensazione che ti fa piacere, ma poi ti costringe a fare quello che gli altri si aspettano da te.

Robin alza gli occhi al cielo: — Dev'essere dura, sì. Ma non so se è meglio essere invisibili. Non visti.

Guido solleva la testa verso di lei. Lo sguardo di Robin è concentrato in un punto lontano, in alto. L'impressione è che si aspetti un segnale da quel cielo scuro come un tendone teso sopra le loro teste. Impossibile distinguere qualcosa, con le luci dei lampioni che confondono la vista, ma d'un tratto allunga l'indice verso l'alto: — Guarda, una stella!

Guido stringe gli occhi per distinguere quel punto luminoso che fora il velo spesso dell'atmosfera con un pallido luccichio. Entrambi rimangono con il naso per aria a fissare la stella solitaria, senza sapere che stella sia.

4

—Sei sicuro che non ti stufi? — Robin si allunga in avanti, verso suo nonno. Malgrado lei abbia dodici anni, Aldo non vuol sentire ragioni e si rifiuta di farla sedere accanto a sé mentre guida: dev'essere il retaggio del suo lavoro di tranviere. Oggi poi c'era la scusa che non era simpatico lasciare Guido da solo nel sedile posteriore, perciò i ragazzi sono rimasti a chiacchierare e ridacchiare dietro, mentre il nonno compiva il suo dovere di autista domenicale.

Annuisce, socchiudendo gli occhi dietro le lenti: — Tranquilla. Ho il mio da fare. — Batte qualche colpetto con la mano su un pacco misterioso, avvolto in una busta di plastica del supermercato e sistemato nel seggiolino accanto.

Robin piega la spalliera e scende dall'auto seguita a ruota da Guido che, prima di mettere fuori tutte e due le gambe, si volta per salutare: — Arrivederci, e grazie tante.

— E di che? — fa Aldo.

— Di aspettarci.

— Figurati, andate, su.

Robin si affaccia al finestrino: — Allora ci vediamo dopo.

— Alle sei — le ricorda il nonno, girando il polso per guardare l'ora: sono le tre e mezzo di domenica pomeriggio, per fortuna c'è un sole pallido che gli permetterà di uscire per un poco dall'abitacolo a sgranchirsi le gambe.

La domenica precedente è piovuto tutto il tempo, e, per non rimanere incollato in auto, Aldo è andato a rifugiarsi in un bar, fissando in continuazione l'orologio a parete, perché temeva che la nipote tornasse prima di lui. In ogni caso, dopo una mezz'oretta, un caffè e un succo di pesca, era rientrato in auto perché gli era venuto il pensiero spinoso che se Robin fosse uscita prima dalla discoteca, per qualsiasi motivo, dove lo avrebbe pescato?

Lei possiede uno di quei telefonini con cui cincischia tutto il tempo, ma Aldo non vuole saperne di quella roba. Se qualcuno lo vuole trovare, può chiamarlo a casa, e se non è a casa è meglio che non lo disturbino: la mania d'oggi di essere sempre seccati, al supermercato o ai giardini, dal barbiere, persino al cesso! Loro due, suo figlio e sua nipote, hanno ancora l'età dei balocchi, ma lui, Aldo, è ben deciso a risparmiarsi questa schiavitù.

Segue con lo sguardo i due ragazzi che si allontanano verso l'entrata della discoteca, una porta squadrata, stagliata sull'edificio rettangolare, dipinto di rosso.

Al parcheggio vi sono altre auto in sosta: dentro qualcuna s'intravede la sagoma di un genitore, si nota il fumo di una sigaretta che esce da un finestrino, un giornale spiegato sul cruscotto. Gente che aspetta pazientemente i propri ragazzi perché la discoteca si trova in una specie di landa desolata, fuori da ogni rotta di mezzi pubblici; in compenso è abbastanza vicino lo svincolo autostradale, fatto poco confortante.

Così i genitori rimangono nei paraggi: come i componenti di una tribù indiana, montano le tende aspettando che i fanciulli si siano sfogati nelle loro danze tribali; alle sei l'accampamento si smonta, ognuno spegne l'ennesima sigaretta, piega il giornale o chiude la conversazione al cellulare, rialza il sedile su cui si era sdraiato, assopendosi, si stiracchia, infine accende il motore e riparte con il proprio prezioso cucciolo accaldato e stordito dalla musica.

Due domeniche fa, Aldo ha attaccato bottone con un papà che si aggirava nervoso sullo spiazzo: pareva preoccupato per la figlia quattordicenne che aveva insistito fino allo sfinimento per andare in quel luogo pazzesco, di cui aveva saputo l'esistenza tramite una serie di messaggi al cellulare. Era una giornata grigia, l'uomo passeggiava avanti e indietro con le mani affondate nel giaccone, la testa china come se cercasse qualcosa.

— C'è anche mia nipote, là dentro. Con un paio d'amici — aveva detto Aldo, per consolare il padre ansioso. Il quale aveva ribattuto: — Mia figlia è con una sua amica. Da sola non ce l'avrei portata neanche se m'ammazzavano.

— Non siamo gli unici, vede? Guardi in quelle auto, devono esserci altri genitori o nonni.

In realtà altri nonni non ci sono. Ma a lui cosa costa portare la sua Robin a ballare in una domenica pomeriggio uggiosa? Suo figlio sacrificherebbe l'unica giornata che può passare in santa pace, mentre per Aldo si tratta di fare l'autista alla sua bambina, leggersi qualcosa e fare due chiacchiere immaginarie con Miretta. Aldo non è mai afflitto dalla noia o dalla solitudine. Invece quell'uomo era agitato e furioso, continuava a lanciare occhiate all'edificio, alle auto, all'orologio, dicendo: — Non so proprio chi me lo abbia fatto fare, ma questa è la prima e l'ultima volta.

— Venga, andiamo a prenderci un caffè — gli aveva proposto Aldo, pilotandolo verso la sua auto.

L'uomo lo aveva guardato un po' allarmato: — Ma se escono? Se succede qualcosa?

— Il bar è a un paio di chilometri. Lei ha il cellulare, immagino.

Così avevano passato quasi un'ora in quel baretto vicino allo svincolo dell'autostrada, l'uomo a sfogare le proprie preoccupazioni paterne, di come sia difficile tirar su una figlia nel mondo di oggi, Aldo a dire che in effetti adesso è molto più difficile, con quel che si sente dire in giro, quel che si vede in televisione. Chiacchiere da bar o da tram: Aldo è abituato a parlare con la gente, ha intessuto milioni di conversazioni, in trent'anni, con perfetti sconosciuti o con persone che prendevano l'autobus sempre alla stessa ora e alla fine erano diventati una consuetudine, quasi degli amici.

Il padre ansioso non si è più visto: forse ha convinto la figlia a passare la domenica in altro modo, forse la ragazza viene accompagnata da altri genitori, quelli cui tocca il turno di assiepare i ragazzi in una sola macchina.

Aldo è ancora nuovo all'esperienza: è la terza volta che porta Robin in questa periferia, e la prima volta ha avuto bisogno della cartina perché non aveva la più pallida idea di dove dirigersi: in pochi anni la città si è allargata e trasformata come un'immensa ameba.

La prima volta è partito con sua nipote e un paio di ragazzotti che sembravano un po' Stanlio e Ollio, uno grosso, l'altro magrissimo. Hanno fatto scena muta per tutto il viaggio, guardando fuori dal finestrino; e bisogna dire che sua nipote non è stata da meno, sembrava di trasportare tre statue di cera. Gli amici di Robin! Vestiti con certa roba larga, che sembrano dei tuareg pronti a traversare il deserto: chissà se sono molto timidi e insicuri o scorbutici o impauriti. Sono così giovani e si nascondono dietro strati di stoffa, rispondono a monosillabi e hanno certi soprannomi, Bongus e Gipo, che gli ricordano i personaggi dei fumetti di quand'era ragazzo, capitan Miki, Doppio Rum e Salasso.

Di tutt'altra pasta è fatto questo Guido, un ragazzo gioviale che ti guarda fisso negli occhi con un viso aperto. La folletta l'ha convinto ad accompagnarla in discoteca e chissà lui cos'ha raccontato a sua madre, una signora nervosa che ha telefonato ad Aldo per ringraziarlo tantissimo di tutto quel disturbo, portare i ragazzi a uno spettacolo *après-midi*. Che cosa vorrà dire? Ma Aldo è uomo di mondo a sufficienza per aver avuto la prontezza di rispondere con un semplice "bon". Devono avergliene raccontate di balle, sta pensando adesso, mentre svolge la busta di plastica e tira fuori il voluminoso pacchetto di vecchie foto e un album nuovo fiammante.

Il solito gruppetto saluta Robin con un cenno del capo o della mano, mentre ognuno è impegnato a muoversi a ritmo. Per il momento, nessuno si è ancora lanciato al centro del cerchio formato da ragazzi e ragazze che sembrano fotocopie di Robin, con certi calzoni larghi e dal cavallo basso, le maglie enormi, i berretti o le fasce in testa.

Guido si guarda intorno, preoccupato. Si china verso l'orecchio dell'amica per dirle: — Non so che fare! Aiuto!

— Non fare il tonto — gli grida lei. — Niente di particolare, basta che *shakeri* un po'.

— *Scecheri*? — mormora Guido, e la parola gli rimane sospesa intorno, perché Robin, con quel volume altissimo, non l'ha captata.

Un ragazzo si stacca dal cerchio in cui tutti si muovono a scatti e a passetti per compiere una serie di evoluzioni acrobatiche a terra: le mani sul pavimento, butta le gambe in aria, poi sposta il peso da un braccio all'altro, sempre con i piedi in alto, infine si lascia cadere sulle spalle e gira su se stesso. I ragazzi lo incitano con battimani, grida, fischi, finché quello non si risolleva in piedi con un salto e torna a molleggiare al suo posto.

— Quello è Rashid — gli sta urlando Robin nell'orecchio. — È fortissimo!

Nel frattempo qualcun altro ha preso posizione al centro del cerchio e si muove a grandi scatti, come se si esibisse in una sequenza di fotogrammi interrotti.

— Lui invece è Brando — spiega di nuovo Robin.

— Li conosci da tanto? — le chiede Guido, nell'orecchio. — Vengono a scuola con te?

— Eh? — Robin aggrotta la fronte.

La musica è talmente forte che Guido non sente neppure la propria voce. — Chi sono? — grida più forte che può.

— Amici di ballo. Ci siamo conosciuti qui.

Lui lascia correre lo sguardo intorno, in modo sufficiente da fotografare ognuno, ma abbastanza in fretta per non sembrare un allocco che si stupisce di tutto quel che vede intorno perché è la prima volta che mette il naso fuori dal nido.

In realtà è proprio così, perché se non ci fosse Robin, e se Robin non avesse inventato una storia a sua madre («Uno spettacolo di balletto moderno... domenica pomeriggio... in un locale fuori mano. Ma c'è mio nonno, non si preoccupi, signora») lui ora sarebbe a casa, chiuso nella sua camera come al solito, ad attaccare figurine (non ha detto a Robin che ha questa passione delle figurine per non passare da bambinone), ad ascoltare *Il lago dei cigni* di Chajkovskij o qualche altra musica da balletto, per impararla a memoria, e fissare bene in mente i passaggi, i cambiamenti di registro.

Invece proprio ora, mentre suo padre sta guardando la solita trasmissione televisiva della domenica, e sua madre sta finendo di sistemare la cucina, prima di sedersi anche lei in poltrona ad ascoltare le chiacchiere che vengono dal televisore, lui, Guido, è in un luogo a loro ignoto, in mezzo a ragazzi sconosciuti e per loro inimmaginabili, che balla o prova a ballare musiche tremende, proprio quelle che sua madre gli vieterebbe di sentire (per quanto lei non usi l'arma della proibizione categorica, ma quella del divieto per il suo bene che, se infranto, comporta un'immensa, quasi inconsolabile delusione). Se vedesse ora il suo Guido, programmato per gli onori della purezza artistica, *shakerare* in mezzo a quei ragazzi di periferia, agghindati nei modi più stravaganti, catene al collo e camicie lunghe fino alle ginocchia, capelli crespi trattenuti da fasce, piercing alle labbra e alle sopracciglia, tatuaggi sui polsi…! Il pensiero gli mette addosso un brivido di piacere, e prende a imitare i movimenti degli altri, in mezzo a quel frastuono pulsante come il frinire di un immenso insetto.

— Dov'è Guido, l'amico che era con me…? — sta gridando Robin alle orecchie di qualcuno.

Le spalle si alzano, le teste si scuotono: pare che nessuno abbia fatto caso a lui, al suo defilarsi. Robin ha in mano una lattina, è appena tornata dal bar.

È sicura che Guido fosse alle sue spalle fino a qualche minuto prima; ma al bar, in mezzo a quella ressa, è sparito. Forse le ha fatto un cenno, ha detto qualcosa, ma come può pretendere che lei senta, capisca, in quella confusione? *Non sarà di certo andato via senza di me*. Eppure, per qualche motivo irragionevole, Robin s'impensierisce e si guarda attorno. Dev'esserci qualcosa che non le quadra, perché si mette a cercare l'amico con un po' d'affanno.

Si è accorta che è arrivata gente nuova, ragazzi un po' più grandi di loro, quelli che di solito frequentano la sala accanto, dove va per la maggiore la musica techno. Ci sono parecchi tizi che ciondolano attorno, assistendo con aria non proprio divertita allo spettacolo degli hip-hopper. (*Be', che vogliono questi? Che ci stanno a fare, qua?*) Si è creata d'un tratto una palpabile atmosfera di tensione, perché quelli della techno sono vestiti come figurini, le ragazze portano abiti attillati e tacchi alti, e sembrano più interessati a lanciarsi occhiate significative che non a ballare.

D'un tratto Robin ha la sensazione di riconoscere qualcuno tra questi nuovi arrivati: è un tizio che è sopraggiunto in tutta fretta da qualche parte alle sue spalle, e l'ha urtata per avvicinarsi a un altro ragazzo. Entrambi indossano pantaloni attillati e magliette aderenti, e hanno metà viso nascosto da occhiali schermati. Il tizio solleva gli occhiali sulla fronte e parlotta con l'altro, poi i due si allontanano svelti, ridendo. Anche sotto le luci colorate, Robin ha riconosciuto l'espressione inquieta del ragazzo. *Che ci fai qui, Moreno?*

Il cuore prende a batterle forte, mentre cerca di non perderlo di vista: oscuramente sente che Moreno sta combinando qualcosa di losco, ha quella faccia tirata che mette su quando a scuola gironzola per le classi a scocciare gli altri. Quanto lo odia, questo Moreno! Se fosse un maschio lo avrebbe già steso, anche se ha tre anni più di lei e fa il duro, anche se ha sparso in giro la voce che ha pestato un bel po' di gente e che ha persino fatto qualche furtarello. Con quella maglia stretta e i calzoni scuri, quegli occhiali, sembra ancora più vecchio, anzi, un brutto vecchio schifoso.

Robin lo vede entrare nel bagno degli uomini, seguito dall'amico, dopo aver gettato intorno un'occhiata furtiva. Il cuore le batte all'impazzata mentre, qualche istante dopo, spinge la porta. Si apre solo uno spiraglio: l'amico di Moreno poggia una spalla sull'uscio per impedirle di entrare, e le grida: — Vai nell'altro cesso.

Dalla fessura le pare giungano colpi di tosse e un lamento soffocato.

— Che c'è? — Si è contraffatta un po' la voce, perché il tizio non si accorga che è una ragazza.

— Niente. Non sono affari tuoi.

Invece Robin sente che là dentro c'è qualcosa che la riguarda, perciò fa per voltarsi, ma di scatto si lancia con tutto il peso sulla porta, facendola sbattere contro il guardiano. Il quale apre un po' di più lo spiraglio per cercare di afferrarle la testa o un braccio e colpirla, ma lei si è già tirata indietro. Una rapida occhiata le è bastata per notare tre figure intorno a un ragazzo accucciato sul pavimento. Quel ragazzo. *Guido.*

Il primo impulso sarebbe di gridare e buttarsi sulla porta, ma la salva un istinto che le fa volare i piedi fino alla sala da ballo, dove si getta su Rashid, che è alto quasi il doppio di lei, e grida come una pazza che Guido sta morendo. Afferra un braccio di Muhamad, che non ha alcuna voglia di seguirla, e continua a gridare, attaccata a quei due: — Venite, presto, presto!

In pochi salti, i tre ragazzi sono di nuovo all'entrata del bagno dove, stavolta con una spallata collettiva, l'uscio si spalanca, travolgendo il guardiano.

La scena che si para davanti a loro sembra irreale, l'immagine di un film violentò o una fotografia agghiacciante: Guido è a terra, ripiegato su se stesso, e dal corpo esce un lamento come l'uggiolare di un cane, alternato a colpi di tosse. Tre ragazzi, tra i quali Moreno, sono in piedi intorno a lui, impietriti come nel gioco delle belle statuine. Moreno ha un piede sulle gambe di Guido, un altro ha piazzato il proprio stivaletto sopra la testa del ragazzo, un terzo tiene le mani sui fianchi e le gambe larghe. È chiaro come il sole che il gioco consiste nel calciare quel corpo come fosse un sacco.

Appena Robin, Rashid e Muhamad si avvicinano, le

tre statue si animano, pronte ad affrontare i nuovi arrivati. Ma Rashid si muove con la velocità di un lampo: balza
a terra sulle braccia e colpisce con i piedi due di loro, fa-
cendoli inciampare e cadere.

Intanto Robin si è lanciata verso Guido, immobile sul
pavimento, si china con cautela e gli sussurra: — Guido,
sono io, stai bene?

Lui ha il viso coperto con le braccia e le abbassa un poco,
rivelando la faccia bagnata di lacrime e sporca di sangue
su una guancia. Robin si sente quasi svenire alla vista del
sangue, le trema la voce mentre, piegata sul corpo dell'amico, gli prende il viso tra le mani con dolcezza.

— Guido, dimmi qualcosa.

— Grazie — mormora lui, voltandosi un poco, mentre
lei sente gli occhi riempirsi di lacrime.

Lui ha il viso rigato di pianto, ma le sorride debolmen-
te. — Sei stata tempestiva.

Robin lo abbraccia, piangendo, mentre una piccolissima
voce dentro di lei si ripete quella parola per rimproverar-
si: "Fossi stata più tempestiva, non saresti ridotto così."

Moreno si è appiattito contro il muro, gridando: — Ma
che ve ne frega di difendere questo finocchietto?

Muhamad alza il mento, le mani si posano sui fianchi.
La voce profonda è ironica: — Come lo sai? Ci hai provato tu, con lui?

L'altro sbraita, furioso: — È una checca di merda. È venuto in bagno per abbordare, sorrideva come una puttana!

Muhamad gli si avvicina, lo afferra per la maglietta e
gli tuona contro: — Se la gente che sorride ti dà noia, forse preferisci una bella battuta, eh? — Le mani si attana-

gliano intorno al collo di Moreno, sollevandolo da terra.

Sulla porta del bagno d'un tratto si forma una piccola folla rumorosa: la scenata di Robin ha allarmato il resto del gruppo. Tutti si sono precipitati alle loro spalle e adesso si trovano davanti lo spettacolo di Muhamad che tiene per il collo un ragazzo magro dall'aria terrorizzata, due tizi che si lamentano con le mani sullo stomaco e Rashid che, con l'espressione aggrottata, si china su due corpi abbracciati a terra domandando con cautela: — Tutto okay, ragazza?

Robin annuisce, tirando su con il naso: — Sì, grazie.

— E tu, stai bene? Ce la fai a muoverti?

Guido si solleva lentamente. Una specie di religioso silenzio cala nel gruppo che assiste alla scena. Muhamad ha rimesso a terra Moreno, ma continua a tenerlo stretto, mentre Guido si alza e rivolge un sorriso a Rashid: — Mi hai salvato, grazie.

— Stai più attento, amico, a chi mostri quel bel faccino — commenta l'altro, con una strizzata d'occhio.

Aldo ha un sobbalzo: — Che accidenti…? — Vorrebbe scendere dall'auto di slancio, ma non ha più quell'energia giovanile che gli permetta di balzare come un felino in attacco, così non fa in tempo a far uscire la mole dall'abitacolo che i due ragazzi si sono già sistemati nel sedile posteriore con due salti da lepre.

Il ragazzo ha il viso un po' gonfio, un taglio sullo zigomo, e si tiene una mano sullo stomaco.

— Porca miseria, cos'è successo? — esclama Aldo, cercando tuttavia di controllare il tono di voce.

— È caduto — mente Robin. — È caduto al bar, si è fatto un taglio con una lattina.

— Sei matta? Chi credi di imbrogliare?

Aldo si scurisce in volto, mentre Guido s'intromette, la voce che gli trema un po': — Signor Aldo, è vero, sono cascato male...

— Credete che sia un imbecille? Questo è un pestaggio. È così? — Sta fissando sua nipote in faccia, ma Robin ammutolisce, evitando lo sguardo. Aldo continua a lanciare occhiate di fuoco da dietro le lenti: — Forza, fuori la verità. Se non la dite a me, sarà peggio. Cosa direte alla mamma di Guido, eh?

— È stato un incidente... — sta attaccando flebilmente il ragazzo, quando Robin si volta verso di lui e dice brusca: — Lascia perdere. — Poi sposta lo sguardo sul nonno: — Lo hanno picchiato.

— Perché? — L'espressione di Aldo si muta in preoccupazione. — Chi lo ha picchiato? Un delinquente? Un ubriaco?

— Tre cretini, dei vigliacchi — risponde lei. — L'hanno picchiato per il gusto di farlo. Ma se la sono vista brutta, quei buffoni! — Gli occhi le brillano, mentre racconta: — Rashid li ha messi al tappeto.

— Rashid, quello con le collane? — la interrompe Aldo, che sembra piuttosto informato sugli amici di Robin.

— Già — fa lei. — E Muhamad: hanno difeso Guido, vedessi che strizza hanno messo a quei tre scemi! — E come se ricordasse una scena comica, Robin attacca a ridere, contagiando Guido che scoppia in una gran risata.

— Guarda come sei conciato, chissà cosa c'è da ridere — borbotta Aldo. Gira la chiave d'avviamento, pensando di portare quello sventato a farsi dare un'occhiata da un medico e contemporaneamente provando a immaginare una scusa plausibile per sua madre, la signora nervosa.

All'ingresso del pronto soccorso, Guido continua a protestare, riluttante a farsi visitare, ma Aldo non sente ragioni: potrebbe avere una costola rotta o chissà cos'altro.

Mentre aspettano il medico, seduti sulle sedie verdi di plastica dell'astanteria, Aldo suggerisce sottovoce: — Telefona a tua madre e dille che sei caduto dalle scale.

— Dalle scale?

— Preferisci raccontarle del pestaggio dei fascisti?

Guido china il capo: — D'accordo.

— E... ascolta — consiglia Aldo mettendo su un'espressione scaltra. — Esagera un po'. Se minimizzi, quando ti vede si prende un colpo; se esageri, quando ti vedrà tirerà un sospiro di sollievo. — Con la mano gli dà un piccolo colpetto su un ginocchio, strizzando tutti e due gli occhi e arricciando le labbra, in una buffa espressione di complicità.

Gli pare già di vedere la scena della donna in ansia che, arrivando in ospedale convinta di trovare suo figlio in barella, di colpo si solleva nel vederlo in piedi, con un gran cerotto sullo zigomo e una pomata sui lividi. Non si diventa vecchi per caso, dice dentro di sé.

EN L'AIR

1

Casta diva che inargenti…

Il canto sembra piovere direttamente dall'alto, emanato da una creatura celeste che guida i passi della figurina vestita di bianco come una nuvola.

Gli specchi riflettono quell'immagine moltiplicata come in un caleidoscopio. L'effetto è quello del volo di uno stormo di colombe in un cielo trasparente, quando la ballerina spiega le braccia in avanti e salta con lo slancio elegante della gamba destra, il piede che atterra con leggerezza, come se il pavimento di parquet fosse un materiale soffice e anche quella figura bianca fosse fatta di una sostanza soffice, vaporosa come la gonna di velo che sobbalza sui fianchi, un'impalpabile sostanza volatile, che tende a sollevarsi verso il cielo.

Robin si protende in avanti per quanto le è possibile, dalla postazione segreta attraverso cui osserva la scena. È una piccola finestra del cortile interno, che guarda direttamente nella sala dove Chantal sta provando il suo pezzo per il saggio di fine anno.

La voce purissima sembra una preghiera, le parole le arrivano incomprensibili: *Casta diva che inargenti queste sacre antiche piante...* Che significa? Ci vorrebbe Guido per spiegarle di che si tratta, ma lui ha saltato le lezioni, ancora malmesso dopo il pestaggio in discoteca.

Per fortuna non ha niente di rotto, è una roccia. Chi l'avrebbe mai detto che fosse così resistente? E sì che l'hanno pestato ben bene quei maledetti vigliacchi. Anche solo a pensarci, a Robin sale l'ansia. Bastava pochissimo, forse qualche minuto e il topolino Guido sarebbe finito in poltiglia. Ci stavano prendendo gusto, quei sadici, è chiaro: avrebbero potuto persino rompergli un braccio o una gamba. Il solo sfiorare questo pensiero fa rabbrividire Robin, che prova una fitta di dolore al ginocchio, come se fosse stata colpita lei, in questo istante.

Meglio scordare, azzerare quella scena schifosa. Soprattutto per il buffo risvolto successivo: Robin temeva un'aggressione, una minaccia o qualcosa del genere da parte di Moreno. Invece, con sua grande sorpresa, a scuola il ragazzo la evita di brutto. Se fa tanto di incrociarla in un corridoio, cambia direzione pur di evitarne lo sguardo, la presenza. (*Sta a vedere che mi sono meritata una fama di dura.*)

Il viso proteso in avanti, gli occhi che guardano un punto lontano, Chantal stacca una gamba e la porta indietro, altissima, parallela al pavimento. Poi tutto il corpo sembra salire verso il soffitto, le mani ad arco sopra la testa, i piedi che s'innalzano sulle punte. Eccola procedere maestosa come se solcasse una lastra di cristallo, scivolando sulle lame dei suoi piedi affilati.

Il canto si sta elevando su un coro di voci sommesse,

distendendosi in una lunga modulazione: un lamento? Una preghiera?

In accordo con quella voce cristallina, l'espressione estasiata di Chantal ricorda confusamente a Robin un'immagine sacra, forse l'espressione rapita della Madonna quando l'angelo le annuncia che sarà madre.

Era un quadro grande, in un museo, e lei si era fatta spiegare dall'insegnante cosa rappresentava perché non sa nulla di cristianesimo, a malapena qualcosa sulla nascita e la morte di Gesù.

Quella Madonna giovane e bionda non aveva l'espressione contenta, casomai sembrava incantata dall'apparizione dell'angelo scintillante, con le formidabili ali enormi e colorate. Forse pensava di avere una visione, e aveva quell'espressione trasognata di nonno quando vede sua moglie (lo ha già sorpreso un paio di volte, con un'espressione imbambolata). Stava vedendo l'angelo convinta di immaginarlo, come Chantal che sta veleggiando in avanti, le mani protese, quasi cercasse di afferrare la visione, l'angelo.

D'improvviso si blocca e scende dalle punte, portandosi le mani sui fianchi, la fronte aggrottata. Si volta rapidamente verso la finestra e incrocia lo sguardo di Robin, prima che lei schizzi via, colta a spiare. (*Cristo, che figura!*) Il viso in fiamme, è sul punto di scappare, ma Chantal si è già affacciata alla finestra e la sorprende ancora lì, confusa e paonazza: — Che fai? Vieni dentro. — Sorride, poi aggiunge con inaspettata dolcezza: — Mi fa piacere se mi dai un giudizio.

Robin borbotta qualcosa d'incomprensibile che dovrebbe essere una specie di giustificazione del fatto che fosse in quel cortiletto: — Ho sentito la musica, stavo… cioè… lascia perdere. — Scuote la testa e ammutolisce, mentre l'altra le apre la porta che dà sul cortile.

Robin tuffa le mani in tasca, assumendo la solita aria scontrosa. Questa volta non si lascerà offendere da quella specie di gatta morta.

— Casta Diva, che significa? — domanda bruscamente, mentre l'altra aziona il telecomando per fermare il canto.

— È l'invocazione alla luna. Casta Diva è la luna. — Chantal si è voltata, sorride con maggior calore. È buffo come il sorriso le allarghi il viso tanto minuto, lo faccia risplendere come se attaccasse la spina da qualche parte, internamente. Ha ancora il fiatone, e tra una frase e l'altra prende aria: — È la *Norma* di Bellini. Non la conosci?

Robin scuote la testa, preparandosi a qualche schermaglia verbale, ma Chantal alza una spalla: — Non importa. Che te ne pare? Sono tanto tremenda?

L'espressione di Robin è sinceramente sorpresa: — Tremenda? Ma che dici? Sei bravissima.

L'altra si scurisce in volto, sbuffando: — I *jetés en tornant* erano orribili. L'*arabesque* non era preciso. Non ti sembra che abbia piegato troppo la gamba?

— No. Mi sembri forte, sul serio.

Chantal appare poco convinta, poggia di nuovo le mani sui fianchi. Le braccia e le spalle nude, il collo, la fronte sono umidi di sudore. — Devo rimettermi al lavoro. Puoi rimanere qui a guardare, se vuoi. Per favore, faresti partire la musica? Ti faccio un cenno con la testa. — Le affida il telecomando e si allontana verso lo specchio, per assumere la posizione iniziale.

Robin la osserva, mentre allunga un piede in avanti e congiunge le mani in basso, formando una specie di ovale con le braccia. Si rigira tra le mani il telecomando: — Chi è Norma?

Chantal muove la testa da un lato e dall'altro, per sciogliere i muscoli del collo: — Una sacerdotessa druida. Dovrebbe essere vergine, invece ha due figli in gran segreto... e sai da chi? — Si volta dritto verso di lei, rivolgendole un sorriso malizioso. — Dal peggior nemico. Un proconsole romano che si innamora di un'altra...

— Ah sì? — Robin cerca di mostrarsi particolarmente interessata, ma in realtà la storia le sembra la solita melensaggine sentimentale.

Chantal ha sciolto le mani, ponendole sui fianchi. Il suo sguardo è assorto, mentre spiega in fretta: — Casta Diva è l'invocazione della sacerdotessa alla luna. In mezzo al bosco sacro dei Druidi.

La spiegazione è conclusa, e lei volta il viso di lato con la testa china, il corpo in posizione di partenza in attesa che la musica cominci, ma Robin esita ancora. Non che le sembri importante, ma vuole sapere come va a finire quella stupida faccenda di una finta vergine e un soldato. — E alla fine si sposano?

Chantal solleva appena la fronte, guardandola di sbieco: — Ma no, è una tragedia. Si buttano tutti e due nel fuoco.

Robin arriccia le labbra, sorpresa. Poteva anche immaginarlo: quando mai le storie d'amore finiscono bene? Neanche al cinema, almeno nei film che vede lei. In quelli, di amore ce n'è poco, ci sono soprattutto azione, tensione, sparatorie e tranelli. Ci sono dimensioni parallele, invasioni di extraterrestri, combattimenti con creature fantastiche. Capita che vi siano scene di complicità tra guerriero e guerriera, ma è tutto rimandato a quando la battaglia sarà finita. E di solito, a battaglia finita, si accendono le luci in sala.

Robin sfiora il tasto e fa partire la musica. La voce purissima riempie tutta la sala con quella supplica: *Casta diva che inargenti queste sacre antiche piante.* Allora lei si lascia scivolare a terra, la schiena contro lo specchio e le gambe intrecciate. Poggia i gomiti sulle ginocchia, il mento sui pugni chiusi. Le sembra di essere risucchiata in un'altra dimensione, ma non è il solito videogioco di pericoli o trappole da evitare, questo è una specie di lago incantato da cui la ballerina bianca sorge come un'onda piena di spuma, scoppiando verso il cielo. In questo film che le scorre davanti agli occhi, l'eroina non è combattiva e muscolosa, ma forte e delicata, si flette e si solleva verso l'alto, volteggia su se stessa e salta con le gambe tese. Di colpo, le gambe si trasformano in lunghe ali e la trattengono in aria, come un gabbiano immobile nel vento.

Quella visione la impressiona più di mille film spaventosi o eccitanti, le sembra che tocchi un punto sconosciuto dentro di lei e lo faccia vibrare, come un messaggino inaspettato, che non vedi l'ora di leggere. Ormai anche l'ultima briciola di risentimento che provava nei confronti di Chantal si è frantumata ed è scomparsa, sciolta come una molecola d'acqua e fusa nella nuvola bianca appesa sulla lastra dello specchio: il gabbiano che atterra, semplice e regale insieme, allo scoccare dell'ultima nota.

— Sei troppo forte — mormora, commossa.

Chantal si rialza dal pavimento con un guizzo. Il gabbiano è tornato ragazza con le punte in fuori e la schiena dritta come un fuso. Il volto è leggermente arrossato, il fiato un po' corto: — Grazie. — Si lascia scivolare accanto a Robin, e una volta a terra allunga in fuori le gambe, chinando la schiena in avanti per gli esercizi di stiramento. Resta lì, come una bambola piegata in due, e con il viso mezzo nascosto da una gamba le dice: — Scusa per l'altro giorno.

Robin è ancora sotto l'influsso dell'incantesimo e non sa che rispondere. L'altra prende questo silenzio come una ripicca e insiste, con la testa sempre china: — Ho esagerato, lo ammetto. Non penso sul serio quello che ti ho detto. Non so niente di hip-hop. Solo quel poco che si vede in televisione. E tu sei in gamba, davvero.

— Già — riesce a dire Robin, sovrappensiero. — Forse me la sono presa troppo. — D'un tratto Chantal solleva la testa, fissandola apertamente: — È simpatico Guido, vero?

Simpatico. Robin non sa proprio cosa dire. L'altra si sta smontando da quel contorcimento, ha ripreso una postura più normale, schiena dritta e gambe avanti, aspettando una risposta. Che deve dire, Robin? Annuisce con cautela: — Sicuro.

— Ci conosciamo da quando eravamo piccoli — le rivela Chantal, e attacca il sorriso da fotografia che le fa brillare anche gli occhi. Sono proprio di uno strano colore marrone chiaro, pensa Robin, un colore trasparente come un vetro o qualcosa di sciolto, come un liquore. Color rum o whisky? Si ripromette di controllare a casa, tra i beveraggi di Massimo.

— Lui ha iniziato a sette anni. Io ho cominciato prima, a cinque. Mi ha obbligata mia madre. — Mentre parla, si sta coscienziosamente stiracchiando le braccia e le gambe. — Alla prima lezione di danza volevo scappare. Avevo una paura da morire... Poi mi sono innamorata del balletto... Ogni giorno era più bello. La danza ora è tutto per me.

Robin sente una specie di brivido freddo sulla schiena, per via dello specchio. Il formicolio alle gambe la costringe ad allungarle e scuoterle: — Magari un po' di ragione ce l'hai, cioè non su quello che mi hai detto ora, sull'hip-hop, su di me.

— Non avevo il diritto — ribadisce l'altra. — Ogni danza è degna di rispetto.

— Sì, ma quel discorso sulla facilità... ora capisco cosa vuol dire. L'ho visto. Io non so fare un accidente di quello che sai fare tu.

— È una questione di esercizio — risponde Chantal. Ha abbassato lo sguardo. Le ciglia sono lunghissime, arrivano a toccare l'orlo delle guance. — E poi non sono eccellente. So dove dovrei migliorare.

Robin le lancia un'occhiata maliziosa: — Se tua mamma non ti obbligava... Cioè, tu non ci pensavi mica alla danza.

— Credo proprio di no. Ero terrorizzata all'idea. Ma lei ha insistito, era per il mio bene. Io ero chiusa in me stessa... Sai, ero balbuziente.

Balbuziente! Anche Gipo ha un po' quel difetto, a volte almeno. Quando è molto su di giri, per esempio. Ma lei parla come un libro stampato, come fa a dire che è balbuziente? Chantal sembra che le legga la domanda sul viso, perché sta spiegando: — Non ti sei accorta? Dico frasi brevi, per non imbrogliarmi. L'ho imparato con una dottoressa. Ma senza la danza non sarei guarita.

Robin ha l'aria sorpresa: la danza? Che c'entra ballare con parlare bene o male, balbettare o no? Forse c'entra con quello che anche David ha raccomandato a lezione: imparare le parole, le frasi, le storie. Si balla perché si racconta una storia, si attribuisce un senso.

— Guido ti piace?

La domanda la coglie alla sprovvista e Robin scoppia in una breve risata: — No! E a te?

L'altra si schermisce, abbassa gli occhi. — È sempre stato il mio amico più caro. Io credo che tu gli piaccia. Molto.

— Ah sì? Secondo me, ti sbagli. Siamo amici, punto. Lui ha bisogno di aria, di viaggiare libero. In casa sua ci sta stretto, credo.

— Be', sua mamma è molto severa, ma è gentile.

Robin fa un mezzo sorriso ironico, immaginando che le due madri, l'ucraina e la madre di Chantal, si somiglino: — Certo, siete tutti tra ballerini, lei, Guido, tu, tua mamma…

Ma l'altra la interrompe con vivacità: — Mamma non è una ballerina. Le piace la danza, mi incoraggia. Ma non ha mai ballato.

Cade un breve silenzio, in cui Robin immagina una figura senza volto che tiene per mano una bambina piccola, mentre entrambe passano attraverso una porta, forse quella della scuola di danza, ma la bambina è lei, anziché Chantal.

— Perché sono sempre tragiche, queste storie?

Chantal sbatte le palpebre: — Scusa, quali storie?

— Queste qui, come Casta Diva, cioè Norma.

L'altra rovescia un po' la testa all'indietro, un gesto che Robin ha visto fare spesso anche a Guido, una risata da personaggio televisivo, più che da gente normale. — Non lo so. Forse una volta le cose erano più difficili. O forse alla gente piacevano le tragedie.

— Non è che adesso le cose siano tanto più semplici, però — osserva Robin, un po' cupa. — C'è un sacco di gente che sta male.

— È per questo che c'è bisogno dell'arte. — Il viso di Chantal è tornato serio, gli occhi s'illuminano. — Per fortuna ci sono gli artisti.

Robin si passa una mano tra i capelli, scompigliandoli. — Tu pensi di fare la ballerina, in un teatro?

Chantal raddrizza la schiena e assume un'espressione assorta, come se parlasse di qualcosa di molto grave o misterioso. — Voglio diventare brava — dice, quasi sottovoce. Poi riprende l'aria formale, il suo sorriso beneducato: — Scusa, ora devo proprio andare a cambiarmi.

Prima di alzarsi, le si avvicina e la bacia su una guancia: — Non ce l'hai più con me, vero?

L'espressione di Robin è smarrita, mentre annuisce: è la prima volta che una ragazza le dimostra tanta intimità e che l'abbraccia, almeno per quel che ricorda. Chi l'ha mai baciata così, con tanta disinvoltura e simpatia? Questi baci li ha sempre visti scambiarsi tra le sue compagne e in generale tra le ragazze, a scuola e per strada, dappertutto, in un cerchio d'affetto femminile da cui lei è sempre stata esclusa.

Chantal è già sparita, lasciando una traccia di profumo dolce, qualcosa di molto diverso dai soliti odori acri e fioriti dello spogliatoio. "È buona" pensa Robin. "Ha un odore di cose che hai voglia di carezzare, tenere vicino."

Si alza dal pavimento di scatto, uno di quei movimenti elastici dell'hip-hop. Prima di uscire dalla sala, compie una veloce piroetta e uno *slash*.

Sarà anche facile, ma provaci.

2

Are you such a dreamer?

Robin sta guardando il tabellone luminoso delle partenze dei treni. Saltare su una di queste vetture, e lasciare che
la città le scivoli via sotto gli occhi, oltrepassare la campagna, spingersi lontano lontano oltre il confine, e trovarsi
finalmente in un paese straniero!

Anche nel sogno a occhi aperti, ha la lucidità di mettere una mano sul portafogli nella tasca laterale dei pantaloni per ricordare che ha pochi soldi con sé, con i quali
potrebbe al massimo dormire in una stanza in affitto per
una sera. (*Ma ci saranno stanze in affitto?*) Il sogno riprende a galoppare nella sua mente eccitata, lasciandola immaginare di essere già in un altrove ignoto a cercare un lavoro, uno qualsiasi, la cameriera per esempio, mentendo
sulla propria età. E nel frattempo sarebbe lontana, libera!

Il prossimo treno partirà tra un'ora: se decidesse di sa-
lirvi, Robin arriverebbe in Svizzera giusto in tempo per
la cena, nel senso di sfuggire quella in casa sua, ed evitare di affrontare suo nonno e suo padre.

Go and tell the King that / the sky is falling in. Bisogna dire
che David ha avuto una vera ispirazione a suggerirle questa
canzone dei Radiohead per studiarvi sopra una coreografia. Robin, che non conosce questo genere di musica, sulle
prime si era scandalizzata: — Ehi, non è hip-hop, questo.

Lui aveva alzato le sopracciglia, sorpreso: — E allora?
Sei tu che vuoi provare qualcosa di nuovo, o sbaglio?

Già: era lei che aveva passato gli ultimi giorni con una
frenesia addosso che l'aveva distaccata ancora di più da
tutto, a scuola (vabbè che con quei compagni dementi e
i professori scassascatole...) e a casa, dove si sentiva un
animale in gabbia persino in camera sua, se ne stava a misurare il pavimento a grandi passi avanti e indietro, senza riuscire a sfogare quel malessere inesprimibile neppure ballando.

Finché questa specie di rovello si era parzialmente districato e aveva lanciato una specie di corda verso David, partendo alla larga: — Secondo te, posso migliorare la mia tecnica?

— Ma certo! — aveva risposto lui, entusiasta. È sempre
entusiasta, David, con quelle sopracciglia che schizzano
in alto, gli angoli della bocca che si sollevano in su. — Tu
hai delle ottime potenzialità.

— Sì, però... — Ma quanto è difficile parlare, Cristo
santo! Perché non possiamo capirci al volo, emettere radiazioni o usare pochissime parole precise? Invece ci sono
sempre ostacoli di verbi e nomi, si fa presto a essere fraintesi. Non voglio migliorare solo la tecnica. Voglio di più,
come faccio a dirlo?

— Dimmi, Robin. — David la incoraggiava, con quegli

occhi nerissimi che sembravano trapanarla. — Spara.

Lei aveva distolto lo sguardo, ma era riuscita a buttar fuori: — Insomma, se ecco… io riesco a imparare qualcosa di più difficile, tipo danza moderna… Cioè, magari è tardi.

— Io ho cominciato esattamente alla tua età

Robin aveva risollevato di colpo lo sguardo. L'uggia allo stomaco era scomparsa. — Mi prendi in giro?

— Ti sembro il tipo? — Aveva infilato un braccio dentro l'altro all'altezza del petto, scoccandole un'occhiata di sfida.

— No.

— Bene. È una questione di fiducia.

— Mi fido, sul serio.

— Allora puoi provarci.

Robin era scattata come una molla: lo avrebbe anche abbracciato, fosse stata un tipo leggermente più espansivo. Invece aveva alzato un pugno in aria, come se avesse fatto centro in una gara decisiva.

Lui si era messo a ridere: — Piano, ragazza. Ci vuole tempo, ricordati. E una cosa che devi imparare, importantissima: la disciplina.

— Sicuro. — La parola le era uscita di bocca quasi urlando. Poi, di colpo, si era rabbuiata. Con una punta di terrore, le era balenata davanti l'ala nera della maestra di balletto: — E… chi mi insegnerà?

— Come chi? — Lui si era portato una mano aperta sul petto, con l'espressione del viso atteggiata a sorpresa: — Ma il sottoscritto, no? Non hai letto il programma della scuola? Io insegno modern and jazz dance, funky e hip-hop.

L'ala nera era svanita nel sorriso pieno di gratitudine di Robin: — Mi era sfuggito.

— Okay. Prima di tutto ascolta questo. — Le aveva allungato un CD. — Prova a inventarti qualcosa sopra, vuoi?

Robin aveva dato un'occhiata alla copertina, leggendo il nome del gruppo: — Ehi, non è hip-hop, questo.

Non è hip-hop, ma ha ascoltato più e più volte il brano, tanto da conoscerne le variazioni timbriche, e ne ha imparato a memoria le parole, visto che come dice David sono molto importanti: *I'll stay home forever / where two and two always / makes up five*. Ma lei, a casa, non ci resterà per sempre, anzi. Lei a casa non ci vuole più tornare.

Alza di nuovo gli occhi sul tabellone delle partenze: due più due, nel suo caso, non farà cinque, né un matematico quattro, ma tre, perché lei si sottrarrà dall'operazione aritmetico-familiare prima ancora che il quarto elemento si profili all'orizzonte, sua madre Shane.

— Allora, ragazza, come butta?

Robin alza gli occhi di scatto, perché lì per lì non ha riconosciuto la voce. "Chi va là?" potrebbe anche dire, come una sentinella. Ma si rilassa subito: davanti a lei c'è il solito Guido.

— Mi hai fatto prendere un mezzo colpo. Hai cambiato voce.

— Non è difficile imitare un certo gergo. — L'espressione è soddisfatta, mentre si siede accanto a lei, sulla panchetta di legno.

— Tutto facile quello che faccio io, eh? — protesta lei. Quasi quasi potrebbe prendersela con Guido, perché no?, e sfogare quell'ansia che le stringe lo stomaco da ore, ma lui sembra capire in anticipo le sue intenzioni, e le offre un concreto segno di distensione: un pezzo di focaccia con la mortadella. Il profumo le fa rapidamente cambiare idea, e Robin ne stacca un morso con l'avidità di un lupo affamato.

— Ciao — dice lui allegramente. Dopo di che, dà un piccolo morso al suo pezzo di focaccia.

— Ciao — bofonchia lei con la bocca piena. Poi gli lancia un'occhiata storta: — Pensavo fosse veleno, per te, questa roba.

Lui alza le spalle e continua a mangiare. Allora Robin sorride, le guance gonfie come un criceto: — Se ti vede *madamosel* Loriana!

— E allora? — commenta Guido, dopo aver deglutito educatamente. — Ha i suoi vizi anche *mademoiselle* — calca un po' il tono sulla parola corretta, ma senza esagerare. Si porta indice e medio alla bocca, mimando il gesto di fumatrice accanita mentre ne imita la voce e la tosse: — *Et un-deux-trois, battement jeté piqué*... kuhu-hu...

— Fuma?

— Come un treno. Fuma di nascosto, in bagno, insieme ad altre maestre. Non lo sapevi? Un sacco di loro sono delle narcodipendenti. Credo lo facciano per mandare via la fame. — Prima di addentare un altro piccolo pezzo di focaccia, osserva: — A proposito di treni, che fai qui?

— Non lo so. Voglio partire.

— Per andare dove? — si stupisce lui, rimanendo con la focaccia a mezz'aria.

Robin scrolla le spalle: — Qualsiasi posto va bene.

— Cioè mi stai dicendo che tenti la fuga. — Gli occhi sono sbarrati. Lei riderebbe, a quell'espressione comica, ma non è proprio il momento di ridere, questo. Guido sembra sconvolto dall'idea: — E perché partiresti proprio da Cadorna? Dove vuoi andare a finire?

Robin alza una spalla: — Niente. Ero in metro, ho visto la fermata e sono scesa, così.

— Robin, stai bene?

— Sì.

— Sicura, proprio sicura?

— No. — Scuote la testa, cercando di buttarla sul ridere. Ma ha un'espressione così triste che Guido lascia perdere la focaccia, appallottolando il cartoccio. Le sfiora le dita, ma visto che lei s'irrigidisce, le poggia la mano sul braccio, stringendolo un po'. Gli occhi di Robin luccicano, e rapidamente una lacrima rotola giù dall'angolo laterale, rigando lo zigomo fino al mento.

— Shane sta tornando — annuncia, poi la voce comincia a tremarle: — Viene a prendermi e io non voglio.

Il messaggio non era lungo, stavolta.

Poche frasi che iniziavano con un preoccupante "figlia cara". E più sotto, quel minaccioso: "ci vediamo presto, non posso aspettare di abbracciare te" che forse voleva dire "non vedo l'ora di abbracciarti". L'italiano di Shane si è progressivamente anglicizzato fino a divenire una lingua di confine tra due stati che non confinano affatto. Come loro due: non hanno più un terreno d'incontro concimato dalla tenerezza della consuetudine familiare, quella che supera ogni incomprensione o conflitto.

Ci sono stati sempre l'illusione di Robin, l'attesa di Robin, il bisogno di Robin, la delusione di Robin e alla fine la rassegnazione e il disinteresse di Robin.

Shane può essere tutto tranne che una madre: è sconvolgente che ora, dopo tutti questi anni, si metta di colpo a chiamarla "figlia cara" e "figlia mia" in quel folle messaggio che non aveva alcun diritto di spedirle. Come non ha alcun diritto – Robin ne è convinta – di venire a cercarla, proprio lì a casa sua dove non mette piede da anni. Poi, chissà che cosa significa quell'oscura frase "succedono molte cose e io ho capito, io credo di avere capito dentro di me. Io spero che tu mi capisce".

Ma se già non riesco a capire cosa scrivi, con questo casino di frasi sballate!

Robin si era alzata dal tavolo come una furia, stretta in una morsa d'angoscia in cui confluivano i velocissimi fiumi in piena di rabbia, impotenza, risentimento, paura, senso di colpa, che alla fine avevano rotto gli argini del suo controllo e l'avevano spinta a uscire di casa, camminando in fretta per strada, le braccia conserte e strettissime al petto, la testa china, fino a che non si era tuffata dentro la sotterranea e aveva preso la linea verde fino ad arrivare a Cadorna. Era riemersa come da un pozzo, con l'idea confortante di andarsene il più lontano possibile e non farsi trovare mai più.

Il cellulare aveva emesso un breve segnale, un messaggio: Guido le chiedeva dov'era. In fretta aveva digitato "sono alla stazione C". E, chissà come, Guido aveva capito benissimo che non era la centrale, e l'aveva sorpresa lì seduta, a fantasticare sulla sua prossima, indubitabile partenza verso un paese dove sua madre non avrebbe mai messo piede. Lassù non ci sono disperati bisognosi delle sue cure, ma forse solo una bambina che per molto, troppo tempo ha desiderato più di ogni altra cosa essere semplicemente amata da sua mamma.

Il segreto era questo.

Guido sta pensando in fretta, il braccio intorno alle spalle dell'amica. Da solo non sarebbe mai arrivato a immaginare una situazione tanto complicata e così poco concepibile per la sua singolarità.

Una ragazza abbandonata dalla madre, ecco la verità, e lui non ha difficoltà a capire perché quest'assenza fosse così gelosamente nascosta da Robin, tanto da farne un mistero.

Questa madre ha avuto la formidabile idea di essere inattaccabile, perché ha un compito così elevato: chi se la prenderebbe con una missionaria? Ma ora il problema contingente è quello di fare qualcosa per alleviare il dolore di Robin e il suo desiderio di nascondersi il più lontano possibile.

Deve proprio toccare a lui, che si fa sempre contagiare dalle lacrime degli altri e non ha la prontezza di spirito dei protagonisti *very cool* dei telefilm, ma nella vita non c'è uno sceneggiatore che ti mette in bocca le parole e soprattutto le suggerisce a chi ti sta di fronte.

Qui c'è solo una ragazza che appare sempre forte e sicura, con i suoi modi spicci, la sua sfrontatezza, che non ha avuto paura di affrontare neppure una rissa in discoteca, ma che ora è accasciata sulla sua spalla, tremante come una foglia. Qui c'è la sua Robin che deve affrontare una grande prova e se potesse mettersi al posto suo, Guido lo farebbe volentieri: indosserebbe i suoi abiti e andrebbe spavaldo incontro a Shane, sostenendo tutta la tensione del momento al posto della sua amica. E così potrebbe dire, a suo nome, che Shane Forrest è una madre indegna di questo titolo, una donna fredda e odiosa, una persona egoista, meschina, vile, che non vale la suola della scarpa di Robin.

Mentre sta pensando tutto questo, il cuore che gli batte per l'eccitazione come se davvero stesse ingaggiando una discussione con l'orribile Shane, Robin si solleva un poco, soffiandosi il naso nel fazzoletto candido che l'amico le ha prestato (Guido ha sempre un fazzoletto pulitissimo e profumato in tasca dei pantaloni, un vezzo di sua madre che gli raccomanda sempre di averlo con sé).

Lei ha i capelli scompigliati, il viso tutto rosso, gli occhi gonfi e alcuni passanti le lanciano occhiate compassionevoli. E, per orrore di Guido, gli stessi passanti subito lanciano occhiate riprovevoli a lui, che evidentemente rappresenta ai loro occhi la causa di tanto dolore.

— Forse è meglio se ci scolliamo di qui — dice allora, e pare abbia scelto la frase giusta, perché Robin annuisce e si alza, pronta a seguirlo.

Le porge il berretto e lei se lo calca sulla testa, con la visiera calata sulla fronte a nascondere gli occhi. Così conciata, torna a essere l'ombrosa Robin, il maschiaccio che, mani in tasca e lunga falcata, cammina accanto a Guido.

Tacciono entrambi, e a chi li incrocia sembrano proprio due ragazzi che hanno litigato con il mondo, l'uno imbronciato e con lo sguardo a terra, l'altro con la fronte aggrottata e gli occhi che saettano in giro, come se si aspettasse qualcosa o qualcuno, in realtà in cerca di una velocissima ispirazione.

L'uomo con cui Guido si è messo a parlare in una lingua incomprensibile è piuttosto giovane e ha l'aria allegra. Ha scambiato una serie di pacche sulle spalle con il ragazzo e ha stretto vigorosamente la mano a Robin, entusiasta di conoscerla. Guido lo ha presentato come uno zio, spiegandole che in realtà è un lontano parente di sua madre, e che vive a Milano da qualche mese.

Per Robin è una sorpresa sentire Guido parlare ucraino, e lo fissa a bocca aperta, affascinata da tanta padronanza. Non ha mai immaginato che l'amico fosse bilingue, una capacità che Robin ha sempre attribuito giusto alle star o ai miliardari o agli esploratori, di certo non a tizi casalinghi come lui (non aveva tenuto conto della madre, la spia ucraina).

È rimasta un po' in disparte nella poca luce del bar, pensierosa, mentre quei due si scambiano chissà quali informazioni intervallate da risate. Buffo posto, questo. Una discoteca nel cuore della città, dove Guido sembra di casa (*ma non aveva detto di non essere mai entrato in una discoteca? Ne ha di segreti, l'amico, per essere un tipo che tutti pensano chiaro come il sole*).

Lo zio si è presentato come «Josef, ma tu chiamami Jo, come tutti». Ha mostrato la discoteca un po' come fosse casa sua, orgogliosamente, chiedendo da bravo padrone di casa che cosa può offrire: qualche snack, aperitivi, o forse due birre? Jo sembra il classico tipo che cerca di stare simpatico a tutti. Mentre parla, è tutto un agitare di braccia e scoppiare a ridere, strizzate d'occhi e battute di spirito. Si porta una mano sulla fronte, esclamando: — Ma certo, scusate, voi siete ragazzi! Forse è meglio una bibita, no?

— Non c'è problema — borbotta Robin, ma l'altro di nuovo scoppia a ridere: — No, infatti. No problem! — Se Guido non le avesse assicurato che è un parente ucraino, Robin giurerebbe che questo Jo sia uscito da qualche posto del Texas. (*Ma qui non siamo mica in America, tonto.*)

— Fermi qui, vado a prendere un paio di aranciate. Va bene l'aranciata, Robin?

— No problem, Jo — lo canzona lei, ma lui sembra felicissimo e si allontana su di giri verso una porticina in fondo al locale. Finalmente Robin può chiedere a Guido: — Che ci facciamo qui?

Il viso del ragazzo si illumina: — Come sarebbe: che ci facciamo? Non ti sembra un posto ideale per danzare? Guarda: una sala enorme, tutta per noi.

La stanza è al buio e Robin scrolla la testa: — Figurati. Ballare, qui. Non ha senso.

— Perché? — Guido la fissa, sorpreso. — Ha senso invece. Ascolta: tu sai che noi abbiamo questa capacità, di danzare per comunicare, dare un significato a tutto, anche... — Esita prima di dirle, con lucida schiettezza: — Anche alla disperazione, alla paura.

— Io non ho paura. — Gli occhi le brillano, mentre solleva lo sguardo rabbioso su di lui. — Se lo pensi, significa che non hai capito un cavolo.

Guido alza le sopracciglia, e il tono di voce si fa ancora più dolce: — Quello che hai dentro, hai ragione, io di preciso non lo so, ma tu puoi mostrarmelo ballando, lo puoi fare perché sei una ballerina.

Sta di nuovo muovendo le mani in quel modo fastidioso, come se fosse un qualche accidente di prestigiatore. Robin fa una breve risata sarcastica, alzando le spalle: — Che fai? Mi lisci? Lo sai benissimo che io sono una che balla per strada, che più di tre mosse non le sa fare.

Guido alza gli occhi al cielo, facendo ricadere con ostentazione le mani lungo i fianchi, come se fosse esausto. Ma lei prosegue con quel tono di autocommiserazione bellicosa: — Non so fare un cavolo, io, non so niente di niente: tu e Chantal siete quelli bravi, vero?

— Ti sbagli, io... — prova a interromperla lui, ma Robin è irrefrenabile: — Siete quelli che sanno tutto: la *Norma* e *Romeo e Giulietta* e *Il lago dei cigni*, io non so neanche che roba siano. Voi, voi — punta l'indice verso il petto di Guido — sembrate due enciclopedie viventi, ma da dove siete usciti, eh? Ma chi vi ha sciolto?

Se voleva offenderlo, non c'è riuscita, perché lui piega appena la testa di lato, mette le braccia conserte e assume uno sguardo ironico: — Io e... Chantal? Che c'entra lei?

Robin si confonde, abbassa gli occhi, arrossendo: — Niente, per dire... — Ma il tono è divenuto meno aggressivo mentre prosegue, polemica: — Siete due ballerini classici, con la testa piena di roba antica, tragedie e fiabe. Ma io, Romeo e Giulietta, neanche so chi sono!

— E allora? — Lui continua a parlarle con mite arrendevolezza, quasi si giustificasse di una pecca. — Io lo so perché ho fatto una piccola parte nel balletto e mi sono dovuto studiare tutta la storia. Per i ballerini conoscere le storie è essenziale...

Robin si porta le mani sui fianchi, di nuovo battagliera: — Vedi? Be', io di storie non so un corno.

Guido scrolla le spalle: — Conoscere una storia serve

per capire i pensieri, le emozioni dei personaggi che interpretiamo. La cosa più importante è immaginare, sentire e tirare fuori i sentimenti *nostri*. — Si è portato il palmo spalancato sul petto, a coprire il cuore.

Robin commenta con tono di scherno: — Bel discorso. — Ma negli occhi le passa un'espressione esitante, perché non ha più le idee tanto chiare, non se la sente di continuare a recitare la parte della caparbia ignorante, che se ne frega dei Romei e delle Giuliette di tutto il mondo.

Guido ha abbassato la voce: — Senti, Robin, so che ho imparato tantissime cose da te. — Lei lo guarda interrogativa a occhi spalancati, mentre lui sembra confessarle qualcosa di molto personale: — Io non pensavo di trovare una ragazza che non ha modelli fissi, una con cui posso essere me stesso e non un altro, continuando a recitare una parte e magari aspettando l'applauso.

Lei cerca di distogliere lo sguardo, perché quella rivelazione è davvero troppo intima: ma che gli prende a Guido, a volte? Diventa così invadente, e anche ora, Dio santo, sembra non voglia mollare la presa, anzi.

Le poggia una mano sulla spalla, e lei solleva di nuovo lo sguardo verso di lui. Che sembra fissarla con un'intensità imbarazzante, mentre prosegue: — Io ho sempre cercato approvazione, e tu mi hai dato comprensione, e prima, quando mi hai detto che tutto quello che fai è facile, sappi che non è vero. Io penso che tu sia l'unica ragazza che abbia mai incontrato che non è affatto prevedibile, perché non è come gli altri vogliono che sia, ma ha il coraggio di essere diversa, vera.

Robin indietreggia di qualche passo, come se Guido

l'avesse colpita. Va bene, è una mazzata, ma di quelle piacevoli, come un tuffo nell'acqua calda quando fuori fa un freddo da morire. Una mazzata che mette i brividi di gioia addosso.

Jo sta tornando di fretta, brandendo un paio di lattine.

— Scusate, c'è stata qualche telefonata. — Distribuisce le bibite e continua a gesticolare, con quei polsi che roteano nervosi: — Allora ragazzi? Volete ballare?

Guido scambia un'occhiata veloce con Robin e annuisce.

— Musica russa? — propone l'altro, ma scoppia subito a ridere di fronte all'espressione di finto sbigottimento del nipote: — Ah, scherzo! — Poi circonda le spalle di Robin con un braccio: — Qui il sabato e la domenica facciamo musica russa. Vengono molti russi, ucraini, moldavi, tutti a ballare qui.

— Fantastico — commenta Robin, e in una rapidissima fantasia immagina delle specie di cosacchi che saltano su un piede solo, a braccia conserte.

Per fortuna Jo interrompe quella buffa immagine che proviene chissà da dove, forse dall'aver visto qualche spettacolo in televisione con balletti folcloristici: — Musica russa moderna, capisci. Perché non vieni una domenica con Guido?

— Be', una volta o l'altra — risponde lei, osservando la pista rotonda immersa nel buio.

Lo zio si è allontanato per accendere un paio di luci. — Allora, che musica vuoi? — le grida.

Guido lancia un'occhiata significativa a Robin, che si acciglia: — Non so se ce l'hai… Non è roba russa e nemmeno classica. — Jo la sta guardando, le mani sui fianchi, in attesa che gli dica il titolo della canzone. Robin volta gli occhi verso Guido, mentre dice svelta: — È *Two and two is five* dei Radiohead.

— Okay — annuisce Jo, senza scomporsi.

— Hai il CD dei Radiohead? — si stupisce lei, ma lo zio mette su un'espressione quasi offesa: — Credi che ascolti solo musica ucraina dalla mattina alla sera? — E sparisce verso il fondo della sala.

— Cosa gli hai chiesto? — le chiede Guido.

Lei alza una spalla. — Una canzone di un gruppo rock, me l'ha data David per studiarla.

— Studiarla? Vuoi dire coreografarla? — Gli occhi di Guido si accendono, mentre Robin annuisce, un po' imbarazzata. Allora lui parla con una voce lagnosa, stringendosi le spalle e scuotendo la testa, come fosse una bambina piena di vergogna: — Ah! La poverina che non sa niente di niente, solo due mossette, la ballerina di strada... Ecco a voi Robin, la schiappa, promossa coreografa!

— Smettila, stupido. Non so neanche da dove cominciare.

— Non ci credo — commenta lui, con l'espressione beffarda.

In quel momento la chitarra irrompe nell'aria con un ritmo ripetuto e ossessivo, e d'un tratto Robin sa come cominciare e che cosa fare, mentre la voce del cantante le chiede sibilando se è davvero così sognatrice (*are you such a dreamer?*). Serra le braccia al petto, squadrando l'amico con intenzione, tanto che lui s'infastidisce: — Che hai da guardarmi in questo modo?

Allora lei alza il mento in un'aria da esaminatrice, mentre dice: — E se tu ballassi con me?

— Un *pas-à-deux*?

Robin annuisce, anche se non ha idea di cosa voglia dire quella parola. Non sta pensando a un *passo a due* fra lei e Guido, casomai a un assolo del ragazzo, ma mentre la voce sussurra: *I'll lay down the tracks / sandbags and hide...* qui, forse, sarebbero perfetti i passi sulle punte di Chantal...

— Tu credi che Chantal accetterebbe di ballare con noi due, su questa musica? — Robin deve alzare la voce per farsi sentire, sopra il ritmo della batteria.

Guido inarca un sopracciglio, gli angoli della bocca in giù. Ascolta ancora un poco la musica, con espressione scettica: — Posso chiederglielo.

Robin s'illumina: — A te non dirà di no!

— Non ci conterei troppo.

— A te non si resiste, lo sai.

Guido abbassa lo sguardo scuotendo un po' la testa, come volesse ritrarsi, ma l'espressione è felicissima. Quando rialza gli occhi, lo sguardo gli brilla: — Robin, anche a te non si resiste. Ricordatelo. Non c'è niente che gli altri possano fare che tu non voglia, capisci?

Lei annuisce, un'ombra le passa rapidamente sulla fronte, ma lui ha sollevato il mento. Naso all'insù, mani sui fianchi, chiede: — Allora: i passi?

3

Cammina con quella sicurezza sfrontata dei giovani eroi, a mento alto, le spalle aperte, una falcata lunga ed elastica, come solcasse la superficie sospinta da un vento costante.

Irriconoscibile.

Non fosse per il viso ancora da bambina, forse appena un po' affilato per via dei capelli così corti, Shane non sarebbe in grado di ravvisare sua figlia in quella ragazza che procede calma lungo il marciapiede, ignara di essere spiata.

L'auto è parcheggiata dall'altra parte della strada, abbastanza distante per non essere notata, e la donna osserva Robin da lontano. Non fosse per l'agitazione che l'ha condotta fin lì, giudicherebbe la situazione in cui si è cacciata una specie di messinscena ridicola, le manca solo il giornale dietro cui nascondersi, come le spie delle barzellette.

Stamani, mentre in treno guardava fuori dal finestrino con l'aria assorta, Shane ha pensato che non avrebbe potuto affrontare sua figlia piombandole in casa all'ora concordata con Massimo, in modo così invasivo e senza un minimo d'intimità, davanti a quei due uomini impiccioni.

Aveva bisogno di vedere Robin prima dell'appuntamento definito, provare a stabilire con lei un feeling autentico, senza mediazioni. Entrambe avrebbero potuto dare ascolto alla propria emozione profonda... Sì, aveva deciso, seduta su quella stretta poltroncina del treno: si sarebbe informata sull'orario di uscita della scuola, avrebbe preso una macchina a noleggio e si sarebbe presentata davanti al portone dell'edificio scolastico per fare una sorpresa alla figlia. Nella sua fantasia, ci sarebbe stato un commovente abbraccio, magari dopo una prima reazione di sconcerto da parte di Robin... Ma anche di fronte a una possibile sorpresa negativa, Shane avrebbe potuto dirle in libertà che l'amava più di ogni cosa al mondo, che aveva capito quanto fosse importante avere una figlia... Mentre immaginava questo dialogo, le era scappata qualche lacrima che aveva asciugato furtivamente, inforcando subito gli occhiali da sole, malgrado il tragitto in galleria.

Scesa dal treno, Shane si era immediatamente data da fare: aveva telefonato a Massimo per ritardare l'appuntamento e, con grande abilità, era riuscita a farsi dire da lui il nome della scuola, dove aveva telefonato qualche minuto dopo per sapere l'orario di uscita della classe di Robin. Poi si era diretta verso un'agenzia di noleggio auto e nel giro di pochissimo tempo stava già osservando la cartina stradale per raggiungere il rione periferico dove vive sua figlia. Facile per una che ha attraversato le strade di mezzo mondo.

Ma davanti a quell'edificio basso e allungato dall'aria tetra, le era venuto meno il coraggio, era scomparsa l'euforia che fino a quel momento l'aveva spinta a districarsi nel viluppo di un traffico da metropoli sudamericana e a trovare ingegnosamente strade che non conosceva. Quell'edificio pareva dirle, con la sua aria anonimamente minacciosa, che avrebbe potuto rischiare di non riconoscere Robin tra tante ragazze, e che forse, in mezzo a tutti gli studenti che le avrebbero osservate con bramosa curiosità, non avrebbe saputo che cosa dirle, malgrado da giorni si ripetesse mentalmente che le parole sarebbero scaturite da sole, bastava che fossero sincere, che sgorgassero dal cuore.

No, per un incontro come quello, ci voleva maggiore intimità e Shane aveva ripiegato verso il palazzo dove abita sua figlia: un'occhiata a quella via e a quel caseggiato era bastata per restituirle un fortissimo senso di fastidio. *Massimo vive ancora lì, in casa con suo padre, eterno bambino che non sa neppure soffiarsi il naso da solo e si nasconde sotto l'ombrello familiare.*

Questo pensiero l'ha spinta a uscire dall'auto, a muovere qualche passo verso il marciapiede, in attesa fremente di veder spuntare la bambina che non incontra da più di un anno, ormai. *Ha dodici anni e mezzo*: una considerazione fulminante che le ha sprigionato quella che il suo maestro indù chiama illuminazione. Doveva vedere sua figlia prima di essere guardata e presa in considerazione, osservare com'è diventata per non rimanere sconcertata da un cambiamento inatteso, doveva pur prepararsi ad affrontare quella ragazza che non conosce, sua figlia.

Ora, mentre da lontano spia il viso serio di Robin, si ripete come un mantra "mia figlia, *mia* figlia".

D'un tratto, la ragazza punta gli occhi dritto davanti a sé, proprio verso di lei. Shane s'abbassa un po' sul sedile, spaventata: malgrado l'espressione assorta, la ragazza sembrava proprio la fissasse, che l'abbia vista? Impossibile. L'auto è lontana, i vetri per metà sono oscurati. Shane si porta una mano al petto per riprendere il controllo sul respiro che si è mozzato.

Quegli occhi chiari, penetranti, le hanno ricordato qualcuno remoto eppure indissolubile nella sua memoria, qualcuno che moltissimo tempo fa Shane osservava in un'immagine fotografica, pensando "mamma", più con curiosità che con nostalgia.

Mamma era stata molto bella, giovane, sventata. Era terrorizzata dall'idea di una gravidanza a diciott'anni, ed era sufficientemente ricca e viziata per rinunciare alla propria bambina senza darsene troppa pena. Mamma non l'aveva mai voluta, neppure in seguito, neanche quando Shane era cresciuta ed era diventata una deliziosa ragazzina con i capelli color del grano e le guance rosse, come un ritratto di Hogarth. Che sciocca era stata quella volta in cui, di nascosto alla seconda moglie di papà, le aveva telefonato.

— Sono Shane Forrest — aveva annunciato alla cornetta, con una certa baldanza.

— Chi? — aveva risposto la voce zuccherosa dall'altra parte. — Forse hai sbagliato numero, cara.

Dimenticata, rimossa, come un vestito indossato una volta sola, a una festa che è più opportuno scordare. E dire che quel numero le era costato tempo e fatica, una ricerca complicata per una ragazza di tredici anni che viveva ad Atlanta, lontanissima dal New England.

Gli occhi di mamma si sono incastonati su un visetto triangolare, serio e pensoso e dall'espressione un poco smarrita, tale che a stento Shane si trattiene da scendere impulsivamente dall'auto per gridare a Robin: "Sono tornata, sono qui, sono io!" Subito l'afferra la stretta potente della paura di essere rifiutata. Gli occhi di mamma hanno oltrepassato tutto quel tempo e quello spazio per giudicarla, ora, come ragazza per sempre indegna, nascosta come una ladra sul sedile di un'auto presa a noleggio. Allora prova a ripetersi come una litania le parole pronunciate dal maestro: "Io sono un centro di energia, io sono la calma."

La sua volontà l'ha portata fin qui, e ora è atterrita come di fronte all'imbocco di una voragine che potrebbe farla sprofondare nel nulla. È necessario che contatti la sua pace interiore: Shane si abbandona sul sedile, le gambe allungate avanti, la nuca sul poggiatesta, le braccia abbassate, come sul punto di addormentarsi.

Le scorrono davanti agli occhi chiusi le immagini della sua ultima casa, la terra polverosa e arancione, i volti dei bambini nel campo, i teli color sabbia appesi davanti alle tende, il vapore del tè scurissimo. Non voleva partire, non le importava se il consiglio dell'associazione aveva deciso per un ritorno in Italia di alcuni volontari, tra i quali lei, e un rimpiazzo con altre persone dalla presenza inattaccabile come medici e infermieri. Era stata usata questa parola, "inattaccabile", ma il significato era "indispensabile": un medico è prezioso, un'organizzatrice no. Si era infuriata, si era addolorata, perché questo distacco era più bruciante, le sembrava di lasciare la sua famiglia per sempre. C'erano tantissimi bambini, le donne, i malati, le ragazze che le davano una mano e la gratificavano di un affetto carico di ammirazione, a rappresentare la multiforme famiglia che aveva scelto di servire, che sentiva sua. Ma il nucleo non sarebbe stato tanto solido e irradiante se non fosse stato incarnato da quel vecchio emaciato che lei chiamava maestro.

L'uomo, Karim, era arrivato in quel posto spaventoso chissà da dove e perché, visto che era uno dei pochissimi indù in un paese musulmano, forse era stato partorito dalle stesse montagne, perché i suoi occhi gialli avevano il medesimo colore della terra, e come le montagne emanavano un senso di eternità e di trascendenza. Non voleva che Shane lo chiamasse maestro, perché "non aveva niente da insegnare e molto da imparare"; ma come un buon maestro sapeva ascoltarla e guidarla nell'orientamento della realtà più impervia e ignota, oscura, indecifrabile, minacciosa, da cui lei sarebbe fuggita per sempre: il suo mondo interiore.

Shane sta respirando profondamente, immersa nella visione rasserenante di un grande fiore bianco, il simbolo dell'armonia universale, quando sente distintamente un ticchettio sul vetro dell'auto. Spalanca gli occhi, e si trova di fronte l'espressione preoccupata di Aldo che, chino sul finestrino, sta ancora picchiettando leggermente il vetro con la punta di una chiave.

Lei si solleva a sedere di scatto, accigliandosi. Si guarda rapidamente intorno, per vedere se l'uomo è in compagnia di Robin, ma è solo, con quell'aria che ora pare rincuorata. Shane prende un bel respiro mentre aziona il comando elettrico per abbassare il finestrino. Aldo sta sorridendo, mentre lei le indirizza un gelido "buongiorno".

— Stai bene, sì?

— Molto bene, grazie.

Il tono è alquanto seccato, ma lui sembra non farci caso e insiste con quell'aria un po' preoccupata: — Scusa, ti ho disturbato. Stavo andando a comprare il pane e ho visto una persona che mi pareva svenuta. Non immaginavo fossi tu. Sei arrivata prima?

Lei sostiene lo sguardo con impassibilità, l'aria stizzita di chi è costretto a una spiegazione: — Mi rilassavo. Sono arrivata troppo presto, temo, e sento ancora il *jet lag*.

Aldo annuisce con serietà. — Posso entrare in auto?

— Prego?

— A star così chinato mi viene mal di schiena. Posso entrare così parliamo più comodamente?

Sulle prime Shane è tentata di dire un secco "no". Cosa vuole quell'uomo? È già abbastanza spiacevole che si intrometta tra lei e Robin, ma quella è solo colpa di Massimo, che vive con lui. Prima che possa rispondere, Aldo ha già fatto il giro dell'auto e sta aprendo la portiera. Si siede con una certa pesantezza, emettendo un sospiro rumoroso come se avesse scalato una montagna, poi le indirizza un largo sorriso, allungando una mano per salutarla: — Ben arrivata. Il viaggio è andato bene?

— Benissimo. — Shane gli porge la mano, irrigidita, mentre sta considerando il modo per liberarsi di quel ficcanaso.

— Hai un ottimo aspetto, davvero. — Aldo sembra soppesarla con uno sguardo compiaciuto, mentre lei attacca a tamburellare sul volante. — Se penso che sei arrivata giusto ieri a Roma, e stamani sei saltata subito sul treno… Una bella maratona.

— Sono abituata a viaggiare — risponde bruscamente

Shane, mentre lancia lo sguardo oltre il parabrezza, come cercasse un appiglio fuori di lì per uscire dall'auto il prima possibile.

Tutto avrebbe immaginato, tranne che trovarsi faccia a faccia con il proprio ex suocero, quell'uomo rigido di cui non ha affatto conservato un buon ricordo. Per quanto fosse soprattutto influenzato dalla moglie, quella donna piena di pregiudizi che non l'ha mai accettata, anzi l'ha visibilmente osteggiata, facendola sentire inadeguata a Massimo, neanche suo figlio fosse stato un principe! Come potrebbe dimenticare l'umiliazione di quel primo incontro, sotto i loro sguardi ammonitori, quando Massimo l'aveva presentata? Ai loro occhi, lei aveva un fardello di colpe: era straniera, senza lavoro, senza famiglia, e soprattutto era rimasta incinta, così giovane. Sarebbe cambiato qualcosa se fosse stata meno giovane e avesse avuto un lavoro? Shane ha sempre avuto il sospetto che il giudizio sarebbe rimasto inappellabilmente lo stesso: straniera dunque incapace d'intendere il loro mondo, e per di più americana, cioè una povera stupida per quei due comunisti di ferro.

Ora, però, Aldo appare ingrigito e appannato, è scomparsa quell'aria di mascolina superiorità che ha sempre esibito sotto forma di paternalismo, e mentre nell'abitacolo si diffonde l'aroma della mentina che lui sta silenziosamente succhiando, Shane prova un incontrastabile senso di pena per quell'anziano seduto lì accanto a lei, con le mani intrecciate in grembo in una posizione che lo rende tanto simile alle centinaia di poveri vecchi che ha visto ovunque.

Intorno a noi possiamo sempre cogliere il riflesso del divino, perché la realtà è illusione, solo i sentimenti sono veri. Le parole del maestro sembrano aleggiare nello stretto abitacolo, restituendo Shane al proprio presente: non è più una ragazza smarrita e insicura, è una donna che ha lavorato duramente, ha visto e conosciuto mondi che quel signore seduto accanto a lei, in educata attesa, non potrebbe neanche immaginare, è una persona che ha traversato mezzo pianeta per essere lì oggi, non per la rivendicazione tardiva di un ruolo materno, ma per inverare la sua essenza di madre.

D'improvviso si vede con occhio distaccato e quella situazione le appare grottesca: un'auto parcheggiata con una donna giovane seduta al posto di guida e accanto un uomo che potrebbe essere suo padre, fermi come statue di sale, in attesa che uno dei due proferisca una parola che non sia un semplice riempitivo del silenzio. Che responsabilità! Perché non riesce a provare neanche un briciolo di imbarazzo, quando da giovane si sentiva in dovere di mantenere una conversazione? Invece ecco che scoppia a ridere, come i bambini che si sfidano al gioco del silenzio e infine non riescono a trattenere la risata. Aldo la guarda un po' confuso: — Che c'è?

— Niente! — continua a ridere lei. — Siamo buffi. Qui dentro, con questi musi lunghi, sembriamo due innamorati che hanno litigato!

— Facciamo due passi, allora? — propone Aldo, aprendo la portiera.

— Perché no? — Shane balza fuori e aspetta che l'uomo esca dall'auto come se si districasse da un groviglio di corde. Non è proprio il luogo ideale per le passeggiate, quello. Forse non è neppure previsto che qualcuno passeggi, perché non vi sono giardini, ma solo marciapiedi e aree di parcheggio che fiancheggiano i palazzi.

Il cielo ferrigno è così poco conforme alla primavera: non dovrebbe essere la stagione del sole, dei colori, qui in Italia? L'azzurro intenso dell'aria romana si è spento nella cenere che avvolge il Nord: deve essere il motivo per cui Shane ha sentito venir meno il coraggio, qui il sole si è rarefatto fino a sciogliersi in una luminosità opalescente. E dire che, a dispetto di ogni suo senso di colpa per essere partita da un paese che amava, si sente tornata a casa.

Aveva passato una settimana terribile a piangere e salutare tutti, abbracciando e baciando ogni persona come fosse il parente più caro e ripetendo: «Tornerò, lo prometto.» Era salita sulla scaletta dell'aereo con quella parola "tornerò" che le martellava la testa, e aveva singhiozzato, incurante degli altri passeggeri che la guardavano attoniti o imbarazzati, per metà del viaggio. Aveva passato la notte in aereo come un incubo straziante, perché lei non voleva partire ed era incapace di consolarsi con quelle sagge parole del maestro: *tutto quanto ci accade nella nostra vita non è casuale, e tu ora devi tornare indietro.*

Lei non ha connaturato il senso della rinuncia, che il maestro considera un bene supremo. Le pareva di aver rinunciato troppo in fretta e con troppa facilità al suo compito. Guardava il cielo che si tingeva d'arancione dall'oblò del finestrino, stordita dal sonno, cercando un segno che le restituisse appieno il senso del ritorno e non della fuga. L'aereo aveva compiuto una larga virata sopra Roma, che appariva bianca e luminosa come un immenso corpo sdraiato sulla terra. Shane aveva osservato con meravigliata ammirazione il dispiegarsi di quella nuda bellezza, fino a che le era apparsa la basilica di San Pietro con le possenti braccia dei porticati protese in avanti, e finalmente era scesa su di lei la calma, perché aveva sentito che sì, adesso era tornata a casa.

Robin ha mangiato poco, scoccando occhiate ansiose all'orologio appeso alla parete della cucina.

Lei e papà sono soli, occasione rarissima, perché di solito Robin non pranza con suo padre e soprattutto perché oggi, misteriosamente, nonno non c'è. Del resto, non succede tutti i giorni che arrivi la mamma morta dall'oltretomba.

D'accordo, è una definizione mostruosa, ma è quella che più si avvicina alla verità: sua madre si è levata di torno e ora ha deciso di farsi viva come uno zombie che qualcuno ha incautamente disturbato. Si accomodi pure. Non sarà certo lei, Robin, ad accoglierla con canti e balli, può pure tornarsene nell'aldilà con tanti auguri e magari per un altro anno (anzi, per sempre) lei, papà e nonno staranno in pace. A proposito: nonno?

Robin decide d'interrompere il suo silenzio pensieroso: — Nonno?

— È a pranzo con un vecchio compagno. — Massimo non nasconde il suo disappunto: — Mi ha chiamato da una cabina dieci minuti fa, il vecchio matto. Si decidesse a tenersi un cellulare! E poi cosa c'entrava il pranzo con l'amico proprio oggi?

— Già.

L'espressione preoccupata di Robin gli fa cambiare subito atteggiamento, e Massimo strizza un occhio alla figlia: —

Ma noi ce la caviamo benissimo anche senza di lui, vero?

Robin annuisce, ma non è affatto convinta. Senza la presenza di suo nonno le sembra che manchi il tetto sopra la testa in una giornata di temporale. (*Sicuro come l'oro che torna in tempo per l'arrivo di Shane, ci sputerei.*)

Manca mezz'ora: perché questa donna ha detto proprio alle due e mezzo? Non poteva venire a un'ora meno assurda, per esempio le sei del pomeriggio o la mattina, almeno lei avrebbe saltato un giorno di scuola, e quella specie di comparsata sarebbe servita a qualcosa?

Robin rimugina mentre suo padre prepara nervosamente il caffè: che è nervoso lo si vede benissimo da come svita la macchinetta e getta la polvere vecchia nel cestino, facendola cadere fuori e imprecando. Lei se ne sta appoggiata con il sedere sul tavolo, le braccia conserte, le gambe incrociate. Sembra assolutamente calma, lo sa benissimo: ha il dono di apparire decisa e imperturbabile, per lei gli insegnanti non adoperano mai la parola "emotiva" o "sensibile" che sprecano per quelli che la menano giù dura per ogni piccolezza, come le sue compagne di classe che piangono come fontane per un'osservazione sgarbata, una critica, un'occhiata storta.

Ma quando il campanello suona, Robin ha un sussulto, e le mani prendono a tremarle, tanto che le ficca subito in tasca. Massimo le si avvicina, percependo tutta la sua apprensione; le circonda le spalle con un braccio e la stringe a sé sussurrandole: — Coraggio.

Lei si scosta un po' bruscamente con un groppo alla gola. Durerà poco, la faccenda, perché è ben decisa a fare scena muta o, se proprio provocata, a ricacciare lo zombie indietro a colpi di insulti. In ogni caso, perché sia chiaro da che parte sta, si attacca a suo padre, passandogli un braccio dietro la schiena.

Tutto si aspetterebbe meno che veder entrare in casa Shane con una mano appoggiata al braccio piegato di suo nonno, come fossero due sposi!

Dev'essere per questo motivo che Robin spalanca gli occhi e a Massimo sfugge un sorpreso: — Papà! — Dev'essere per questa scena inaspettata che Robin abbassa le difese, come un cavaliere che si aspetta un formidabile nemico e vede arrivare al suo posto un bambino inerme.

Shane ritira la mano e nonno Aldo si scosta educatamente. Robin non vorrebbe affatto guardarla, oltretutto indossa un ridicolo maglione multicolore con una specie di amuleto al collo, ma non può fare a meno per via di quell'espressione dolcissima, mite, come quella di un cucciolo. Non ha quell'aria spavalda delle foto, non ride e poi… è una sensazione sua o Shane è diventata un po' più piccola? Non era alta, asciutta e forte come un soldato? Perché sembra così fragile e bassa, tanto che Robin può guardarla dritto in faccia senza alzare il viso?

Non poteva immaginare di essere cresciuta in questi mesi fino a diventare alta come sua madre, e che di colpo le proporzioni fossero cambiate. Si è sciolta dall'abbraccio con suo padre, ma ancora resta ferma, incollata sulla mattonella come se le scarpe avessero il mastice sotto la suola.

Shane ha le lacrime agli occhi, alza le mani protendendole verso di lei. Robin ha la sensazione fisica che sua madre riesca a penetrare con quelle dita ossute fin dentro al suo petto e le stringa il cuore, tanto da rimanere senza fiato.

Quella donna, sua madre, la sta abbracciando forte, anche se Robin è rimasta impietrita, le mani lungo i fianchi, i piedi inchiodati sulla solita mattonella. Ora è lampante che loro due sono su per giù della stessa altezza, su per giù della stessa magrezza.

Shane le sta bisbigliando con voce rotta all'orecchio: — Ti voglio bene, figlia mia adorata. — Ma non sono quelle parole a sconvolgerla, quanto il profumo curiosamente familiare, un odore buono e antico che le fa pizzicare il naso, allagare gli occhi.

Robin solleva le mani, mentre il cuore ha preso ad accelerarle e le gambe le tremano. Bruscamente stringe a sé questa donna così magra, piccola e fremente.

Questa donna: *mia mamma*.

4

Chantal finisce di allacciare il nastro della scarpetta e rimane china, come non fosse sicura del nodo, in realtà assorta in quel pensiero: "Non dovevo accettare."

Bisogna dire che ha consentito con evidente riluttanza, solo perché era impossibile sfuggire all'insistenza di Guido, una vera persecuzione: l'ha tempestata di messaggi, l'ha seguita fino a casa, mentre lei continuava a scuotere la testa per rifiutare quell'incessante "ti prego ti prego, Chan, ti prego".

Ormai non aveva più neppure la forza di dire "no" come all'inizio, quando lui era arrivato con quel bel sorriso e lo sguardo ammaliatore, il modo particolare di fissarla a capo chino, leggermente piegato di lato, gli occhi che brillano oltre le ciglia lunghissime, un modo implacabile di ottenere attenzione, ammirazione e anche di più: quello sguardo incanta come l'occhio del cobra, Chantal lo sa benissimo perché sono anni che è rapita da quel luccichio.

Aveva cinque anni quando si è innamorata, e chi nega esista un sentimento del genere per una bambina così piccola e che possa serbarlo intatto per anni, be', semplicemente quella persona non sa cosa sia l'amore, e lo confonde con altre infatuazioni che hanno vita brevissima, oppure quella persona è troppo vecchia per ricordarsi di aver avuto una vita amorosa prima delle passioni adulte. Di sicuro quella persona non ha mai conosciuto Guido, perché è davvero difficile resistere al suo fascino, anche quando era un bambino di sette anni con gli occhi grandi, che Chantal non esiterebbe a definire vellutati per la loro dolcezza, e i capelli dorati, che cadevano in boccoli soffici sul collo, un ragazzino così attraente che tutti scambiavano per una bambina molto bella.

Chantal sospira, ancora china sulla gamba piegata, la mano che accarezza il polpaccio fasciato nella calza bianca: ormai è in ballo, è proprio il caso di dirlo.

Non è la sua musica preferita, questo è sicuro, non è neppure una musica facile da ascoltare, con una specie di atonalità iniziale, come se il disco fosse danneggiato, e la voce da oltretomba canta in modo triste, del resto non è un brano allegro, almeno dalle parole che le ha detto Robin. È una specie di grido arrabbiato contro l'ingiustizia, contro i politici corrotti: *puoi anche gridare e urlare ma è troppo tardi ora perché non hai fatto abbastanza attenzione.*

Chantal non sopporta il vittimismo della musica pop cosiddetta "impegnata", questo crogiolarsi nella rabbia che viene trasmessa alle folle, come se lo scatenarsi della violenza con grida e imprecazioni potesse cambiare o migliorare qualcosa.

L'arte, per quello che pensa lei, è oltrepassare le soglie che portano frustrazione, e restituire gioia di vivere, bellezza, senso di libertà, oltre ogni tempo e ogni confine, ogni limite. Per ciò lei fatica sulla muscolatura, attaccata alla sbarra, e ripete all'infinito il movimento finché non è talmente perfetto da sembrare spontaneo, naturale, come se non ci volesse nulla a compiere la successione di *chainés*, e un soffio di vento la sospingesse in alto per il *ronde de jambes*.

Essere una ballerina significa dedicarsi alla costruzione del movimento perché il corpo sia docile alla propria direzione e si trasformi in luce e fuoco, appaia leggero come l'aria eppure forte come l'acciaio, diventi un corpo che sfida la pesantezza e l'attrazione della Terra, un nucleo che sprigiona energia e la convoglia verso il sublime. Riuscire a essere come Margot Fonteyn... ma lei è un modello di perfezione assoluta, una delle più grandi ballerine del mondo; più modestamente, allora, onorare la danza perché Chantal è nata per questo, e non può fare altro. A tredici anni è perfettamente consapevole che la danza è tutta la sua vita.

Questa canzone lugubre non è il suo genere di musica preferito e lo avrebbe giudicato inadatto all'armonia del movimento, assolutamente fuori luogo per un saggio della scuola, ma Robin sembrava molto sicura del fatto suo quando le ha fatto ascoltare la canzone e le ha dettato i passi.

È stato buffo perché Robin non conosceva alcun termine tecnico e le si rivolgeva facendo riferimento alla coreografia sulla *Norma* di cui sembrava ricordasse con precisione ogni passaggio, come se l'avesse studiata infinite volte: — In questa parte dovresti fare quella cosa con le mani alzate sulla testa, così, i piedi sulle punte... — Robin gesticolava mimando goffamente la posa, poi scoccava un'occhiata a

Guido perché lui esprimesse la frase approssimativa nel termine tecnico appropriato, come un traduttore simultaneo: — *Pas de bourrée* con spostamento laterale.

Non era affatto convinta, Chantal, di quel pasticcio di stili diversi, ma si era imposta almeno di provare una volta, solo per far piacere a Guido. Però durante le prove era accaduto un fatto inaspettato, per la puntigliosa Chantal: si era divertita.

Al di là della canzone, dei propri timori di svilire la danza con uno scherzo rabberciato e infantile, al di là della presenza confortante di Guido e del fatto che nella parte centrale della canzone compiono un breve passo a due, al di là di tutto questo e delle proprie convinzioni sulla purezza dell'arte, Chantal ha provato quell'euforia che la conduce irresistibilmente a ridere e, contagiata dalle risate di Guido e di Robin, ridere di niente, ridere da matti.

Guido alza gli occhi verso lo specchio che gli restituisce l'immagine di un volto trasformato, quello di Robin che lo guarda con l'espressione ansiosa, senza osare chiedergli un parere.

Gli occhi sottolineati dalla riga nera sembrano più grandi e più chiari, sotto la fronte scoperta dal ciuffo tenuto a bada da una molletta; la bocca è d'un acceso rosso scarlatto, come una ciliegia matura. Con quel trucco, il viso sembra appartenere a una delicata fanciulla in una stampa giapponese.

Ma più stupefacente è l'abbigliamento di Robin: indossa un abito d'un cangiante verde-azzurro, con il lucido corpetto attillato e la gonna svolazzante, che arriva all'altezza delle ginocchia. Guido resta a bocca aperta, senza parole. Robin allarga le braccia, mettendo su un'aria sconsolata: — Sono un'altra persona, vero? Non riesco a guardarmi.

Finalmente Guido si scuote e la butta sul ridere: — Ehi, tu, dove hai messo Robin... Ma come ti sei conciata: il rossetto e... un vestito da donna!

— Vero? È tutta colpa di quel fetente di David, mi ha sistemata lui in questo modo — si lamenta Robin, ma a Guido non sfugge l'occhiata di stupita approvazione che ha gettato allo specchio.

— Sei bellissima — le dice allora, ammirato. Non si aspettava che lei avvampasse fino al colore del rossetto.

— Non prendermi per i fondelli, mi sento una scema.

— Perché? Devi solo abituarti a non essere più il brutto anatroccolo, ora sei cigno.

— Questa storia la so: capirai che complimento — s'incupisce lei.

Al che lui scoppia a ridere: — Ora ti riconosco, sei la vera Robin mimetizzata da accalappiauomini.

La bocca scarlatta si apre in una risata, mentre Robin gli sferra leggermente un pugno sul braccio: — Stupido!

— Piano! Vuoi far male al tuo primo ballerino? — Guido si volta verso lo specchio, prendendo una matita.

— Devo finire di prepararmi, non vedi?

Lei alza le spalle: le sembra che sia già pronto, con la camicia scura e i pantaloni neri, ai piedi le scarpette da ballo nere.

Mentre Guido armeggia davanti allo specchio, Robin

cerca di distrarsi per non pensare alla prova che li aspetta: il palcoscenico.

Questo è il luogo in cui Chantal e Guido immaginano di passare il resto della loro vita: camerini bui e polverosi, pieni di roba accatastata, nascosti come tane dietro la scena illuminata, dove tutti gli occhi sono puntati su di te, aspettandosi stupore, commozione, ammirazione per la bravura, per gli effetti mirabolanti, per l'interpretazione toccante.

Cos'è che attira tanto Chantal e Guido in questa tremenda prova, farsi giudicare dal mondo ogni sera, ogni giorno, sbucando dalle cavità del teatro per brillare per pochissimo tempo sul palco, come stelle senza cielo? Robin non è affatto convinta che sia questo ciò che desidera, quello che le riserva il futuro. Il mondo è così vasto e un palcoscenico così limitato.

Quando solleva lo sguardo verso Guido, è lei stavolta a rimanere sorpresa: gli occhi truccati, la bocca carnosa rendono il viso perfettamente femmineo, una bellezza seducente che Robin riesce a stento a guardare.

Abbassa gli occhi confusa, riuscendo a dire: — Sembri una… un altro, è impressionante.

— Io sono un altro — sta dicendo lui, con quel suo solito modo un po' teatrale. — Sono un ballerino, un artista.

— Le si è avvicinato e la guarda cercando i suoi occhi, stavolta più serio: — Anche tu lo sei.

L'abbraccia stretta, e Robin è sommersa da un'emozione sconosciuta che sembra scaturirle dal centro del corpo, un'onda che sale prepotente e altrettanto prepotentemente scende fino al ventre, facendola rabbrividire.

— Robin, bisogna che te lo dica ora, altrimenti non lo

farò più. — La voce di Guido arriva attutita come un'eco. Le sta parlando con la testa appoggiata alla sua e le parole sembrano provenire direttamente dal petto incollato al suo, perché è lì dentro che le arrivano, come punture. — Tu sei il mio migliore amico, quello che non speravo più di incontrare. Robin, io ti voglio bene.

Robin sente il naso che pizzica, ci mancano altro che le lacrime per questa rivelazione assurda: *un amico?* Ma lei è una ragazza! Si scosta appena per guardare quel viso così bello e stringe un poco gli occhi: — Se io sono il tuo amico, baby, non c'è dubbio: tu sei la mia ragazza.

Guido l'abbraccia di nuovo, ancora più stretta, ridendo: — Questo significa che... anche tu mi vuoi bene?

— Sei un tipo pesante, Guido. — Lui sembra irrigidirsi tra le sue braccia, ma Robin prosegue, imperterrita: — Ammetterai che sei abbastanza appiccicoso, e che ti butti un po' troppo in fuori. Sei un tipo abbastanza strano. E a volte vai oltre quello che una come me può sopportare. — Guido ha allentato la stretta, ha poggiato la testa sulla spalla di Robin e sembra trattenere il fiato, mentre lei esita per qualche istante. — Ma sei speciale. Sei unico. Non avrei mai scommesso su di te, ma ora sono pronta a scommetterci la testa. E io non lo so dire come lo dici tu, non la so fare questa dichiarazione d'affetto, ma sì, io sento molto per te, e sto facendo una sudata a dirti quello che ho dentro, perché mi conosci, sono una di poche parole. Quello che sa parlare sei tu.

Guido si stacca da lei scoppiando a ridere: — È vero. Credo che sia il discorso più lungo che tu mi abbia mai fatto.

— Be', non montarti la testa. — Lo guarda di sbieco:

— E non esagerare con quel rossetto. Non posso neppure baciarti.

Il ballerino è seduto a terra, raggomitolato su se stesso. All'avvio della canzone, seguendone il suono interrotto, le braccia sembrano esitare, fremono come rami scossi dal vento prima di stendersi di colpo in fuori come due frecce, mentre il corpo si solleva arcuandosi in avanti, e poi verso l'alto.

Quattro salti e il ballerino s'impossessa dello spazio scenico con una serie di piroette perfettamente scolpite sulla musica. Quindi si ferma al centro del palco, le gambe piegate a squadra, le braccia che si tendono in alto. Il capo si volta di lato mentre le gambe si raddrizzano e le mani scendono verso il basso: il braccio destro si allunga verso la ballerina in tutù bianco che entra in scena scivolando leggera sulle punte come una vela candida che fende l'aria. Lui la cinge alla vita, la fa roteare, le sostiene la gamba drittissima in alto.

Con l'esplosione delle chitarre, un lampo verde-azzurro si catapulta sul palco, mentre i due ballerini scompaiono come d'incanto, risucchiati dalle quinte laterali. La ragazza con l'abito verde gira su se stessa come una trottola, sembra cadere ma rimbalza elastica, avvitandosi verso l'alto per poi piegarsi di lato, le gambe che compiono passi incrociati come quelli di un ubriaco claudicante. Si ferma, si volta e passeggia all'indietro come se scivolasse su un tapis roulant, finché torna al centro del palco, si gira di scatto verso la platea spalancando le braccia in fuori: i ballerini riappaiono dai due lati, le prendono le mani e tutti e tre saltano insieme, rimanendo sospesi in aria per il tempo di un sospiro.

In quell'istante Robin prova la forza e la purezza del volo, ed è allora che sa quel che più desidera, ciò che lei stessa farà del proprio futuro.

Voglio ballare per sempre.

Vorrebbe dilatare questo momento all'infinito e danzare per l'eternità.

In quell'istante Robin, proprio lei, si sente trasformare in una piccola stella nel buio, sospesa tra terra e cielo.

Note

I titoli delle quattro parti del romanzo sono termini francesi che appartengono al lessico della danza accademica.

ATTITUDE. Indica la posizione con una gamba sollevata e piegata all'indietro, e l'altra tesa e posata per terra. Il piede della gamba d'appoggio può essere piatto, sollevato sulla punta o sulla mezza punta.

CHANGEMENT. Durante il salto fatto su due gambe, indica il cambiamento dei piedi: può essere piccolo (*petit*) o grande (*grand*) a seconda dell'elevazione, *en tournant* se si compie un mezzo giro o un quarto di giro.

DEVELOPPÉ. Indica il movimento che permette il graduale distacco di una gamba dall'altra che sostiene il peso del corpo. Si usa soprattutto nell'adagio e si può sviluppare in varie direzioni e altezze.

EN L'AIR. Può designare sia l'innalzamento della gamba con il piede a livello dell'anca che l'esecuzione di un movimento aereo, come a esempio nel *rond de jambe en l'air*.

I passi presenti nelle pagine 134, 135, 136 sono tratti dall'*Apocalisse di San Giovanni*, nella versione de *La Bibbia di Gerusalemme*, Edizioni Dehoniane, 1995.

I cantanti sono: P. Diddy, Usher, Prince.
Le canzoni citate sono: Umberto Bindi, *Il nostro concerto* (1960); Equipe 84, *E ho in mente te* (1966); Radiohead, *2+2=5*, in "Hail to the Thief" (2003).

Indice